AU PROCHAIN ARRÊT

DU MÊME AUTEUR

LIBRARY WARS : LOVE & WAR (15 vol.), Glénat, 2010-2016.
LIBRARY WARS : TOSHOKAN SENSO (4 vol.), Glénat, 2010-2016.
LES MÉMOIRES D'UN CHAT, Actes Sud, 2017 ; Babel n° 1747.
AU PROCHAIN ARRÊT, Actes Sud, 2021 ; Babel n° 1876.

Titre original :
Hankyū Densha
Éditeur original :
Gentōsha, Tokyo

ISBN 978-2-330-17904-5

HIRO ARIKAWA

AU PROCHAIN ARRÊT

roman traduit du japonais
par Sophie Refle

BABEL

Située à la jonction de la ligne Hankyū Takarazuka, dont le terminus est Umeda, au centre d'Osaka, et de celle d'Hankyū Imazu, qui permet une correspondance pour Kobe en gare de Nishinomiya-kitaguchi et donc l'accès au réseau JR West, la gare de Takarazuka est un nœud ferroviaire assez important dans la région de Kobe-Osaka.

Hankyū est un des plus grands opérateurs privés de chemin de fer du Kansai. Les passionnés du rail aiment ses trains aux wagons rouges. Leur intérieur à l'ancienne est qualifié de "mignon" par les jeunes femmes de la région, et d'"élégant" par les touristes du même sexe.

Le héros de ce roman est la ligne Hankyū Imazu, l'une des moins connues du réseau Hankyū.

ALLER

DIRECTION NISHINOMIYA-NORD

TAKARAZUKA

Les gens qui prennent le train seuls se composent en général une mine indifférente. Leur regard, qui va des publicités placées en hauteur au paysage à l'extérieur, erre en évitant sans cesse de croiser celui d'autrui. Ou alors ils passent leur temps à lire quelque chose, à écouter de la musique ou à fixer l'écran de leur téléphone.

Une personne seule qui n'agira pas ainsi et exprimera une émotion attirera l'attention.

Masashi avait déjà vu la jeune femme qui était montée dans le train à Kiyoshi-Kōjin, comme lui.

Cet arrêt, l'avant-dernier sur la ligne Hankyū Takarazuka, est le plus proche de la bibliothèque principale de Takarazuka.

Entré dans la vie active depuis quatre ans, Masashi la fréquentait environ une fois toutes les deux semaines. Parce qu'il aimait lire et qu'il y trouvait des informations utiles à son travail, mais plus encore parce qu'il n'avait pas de petite amie et qu'il y allait les jours où il n'avait pas prévu de rencontrer des amis.

Cela faisait qu'il connaissait de vue non seulement les bibliothécaires, mais aussi certains habitués.

Par exemple un vieil enquiquineur qui cherchait toujours noise aux employés.

Et cette jeune femme aux longs cheveux brillants, qui l'avait un jour privé d'un livre qu'il visait. Un titre récent, paru moins d'un mois plus tôt, dont on avait beaucoup parlé, qui se trouvait par hasard en rayon.

Il s'était senti chanceux en l'apercevant. Il allait s'en emparer quand une main avait devancé la sienne.

Irrité, il s'était retourné vers sa propriétaire. Découvrant une jeune femme qui lui plaisait, il avait immédiatement perdu l'envie de lui faire un reproche. Les hommes sont faibles.

Elle ne s'était pas rendu compte qu'elle venait de lui chiper le livre qu'il convoitait (autrement dit, elle n'avait prêté aucune attention à Masashi). Il l'avait suivie quelques minutes, assez pour comprendre qu'elle n'avait aucune intention de le reposer.

Le cabas en toile qu'elle portait ce jour-là était orné de l'effigie d'une souris universellement connue. Un peu puéril à son âge, avait-il pensé. Ce devait être le plus solide qu'elle possédait, ne nécessitant pas d'égards particuliers et pouvant contenir le nombre maximum de livres à emprunter.

Elle doit venir souvent, en avait-il conclu.

La suite lui prouva qu'il avait raison car il la revit souvent à la bibliothèque, munie de ce cabas qui montrait la souris riant bêtement aux éclats. Mais la jeune femme lui plaisait et il prit l'habitude de chercher le rongeur stupide des yeux.

Quand il apercevait celle qu'il considérait comme sa rivale, il pressait le pas vers les sections qui l'intéressaient, de peur de connaître une nouvelle défaite.

Il s'était rendu compte que leurs goûts en matière de lecture étaient proches.

Elle avait le don de découvrir des livres qui attiraient aussi Masashi. Il la regardait s'en emparer, envieux, et se disait qu'il les emprunterait quand elle les rendrait. Trop timide pour en noter les titres, il les avait généralement oubliés quand il revenait à la bibliothèque.

Jusqu'alors, il ne l'avait croisée qu'à la bibliothèque. Mais ce jour-là, elle était montée à Kiyoshi-Kōjin, dans la voiture de tête où il se trouvait déjà. Son habituel cabas à la souris béate paraissait plein à craquer. Masashi, dont le sac à dos en cuir était tout aussi rempli, était mal placé pour lui en faire reproche.

Elle ne semblait pas avoir remarqué sa présence. Une fois que le train arriverait à Takarazuka, trois options s'offriraient à elle. Quitter la gare, prendre une correspondance sur une ligne JR ou monter dans un train de la ligne Hankyū Imazu en direction de Nishinomiya-kitaguchi, ou plutôt Nishi-nord, comme on dit dans la région.

Ce serait trop beau, se dit-il en la voyant jeter un regard inquiet vers le quai lorsque leur rame entra en gare.

Comme il s'y attendait, elle se hâta vers le train arrêté de l'autre côté du quai. Les week-ends, lorsque l'hippodrome Hanshin de Nigawa fonctionne, il est parfois desservi d'un côté par la ligne Umeda-Takarazuka, et de l'autre par celle qui relie Nishi-nord à Takarazuka. Et le temps pour la correspondance est juste.

Elle aussi prend cette ligne ? s'interrogea-t-il. Presque irrité, il s'arrangea pour ne pas monter dans le même wagon qu'elle.

Il restait peu de places assises. Quelques passagers étaient debout. Comme les livres pesaient sur ses épaules, il prit un des derniers sièges inoccupés.

La porte du soufflet entre son wagon et le suivant s'ouvrit et elle apparut. Avança à la recherche d'une place libre.

Il y en avait une à gauche de Masashi et plusieurs autres un peu plus loin. Sans l'ombre d'une hésitation, elle s'assit à côté de lui. C'était d'ailleurs la plus proche d'elle.

Une succession de hasards étranges, comme dans un jeu de Jenga, qu'il était apparemment le seul à percevoir.

Pour éviter de trop penser à sa présence, il ouvrit un des livres qu'il venait d'emprunter. Elle eut alors une attitude qu'il ne comprit pas. Son lourd cabas posé sur ses genoux, elle tourna le torse vers l'arrière, et la fenêtre, c'est-à-dire vers lui, si bien qu'il put l'observer sans chercher à le faire.

Elle baissa ensuite les yeux vers le paysage en bas du pont, et son visage s'illumina d'un sourire.

Intrigué, il suivit son regard. Le train passait sur le pont métallique au-dessus de la rivière Mukogawa. Il poussa un petit cri.

Juste avant la fin du pont, le caractère "vie" apparaissait sur une bande de sable au milieu de l'eau. Gigantesque, il l'occupait presque entièrement. Non pas tracé dans le sable mais créé par un alignement de pierres.

Une œuvre d'art, remarquable par ses proportions et son équilibre.

— Incroyable, non ?

Il ne se rendit compte qu'elle s'adressait à lui qu'une fois que le train fut de l'autre côté du pont. Le caractère "vie" était encore nettement visible.

Elle continua à parler en dépit de son silence.

— Je l'ai découvert il y a environ un mois. C'est incroyable, non ? répéta-t-elle.

Toi aussi tu es incroyable de l'avoir vu, pensa-t-il. Que quelqu'un baisse les yeux pour voir cette espèce de graffiti géant au milieu de la rivière l'impressionnait.

— À votre avis, en quoi est-il incroyable ? finit-elle par demander.

— Hum... La forme, répondit-il d'un ton hésitant. Le tracé est net, les pierres ont toutes la même taille, il doit y avoir une raison pour cela. Si ça a été fait sans autorisation, il fallait beaucoup de culot.

— Moi, ce que je trouve incroyable, c'est le choix du caractère, expliqua-t-elle avec entrain. Comme il ne comporte que des lignes droites, il est facile à dessiner. Et en même temps, il est fort visuellement, non ? La première fois que je l'ai vu, il m'a donné envie d'aller boire une bière*.

— Ah oui, à cause de "bière pression". Moi je le lisais plutôt comme "vie", opposé à la mort.

— C'est vrai qu'on peut aussi l'interpréter comme ça. Je me demande quel sens il a pour celui qui l'a créé.

— Si ça vous préoccupe, pourquoi ne pas aller vous renseigner à la mairie ? C'est peut-être l'étape préparatoire de travaux dans la rivière.

— Je n'en ai aucune envie, répondit-elle en secouant la tête. Je serais déçue si c'était ça, et encore plus si j'apprenais que le caractère a été créé sans

* Le caractère de "vie" associé au mot "bière" signifie "bière pression". *(Toutes les notes sont de la traductrice.)*

autorisation et que la mairie a décidé de l'éliminer. En même temps, ça me plairait que ça ait été fait comme ça. Un genre de graffiti géant, qui frappe, inspiré, et qui n'embête personne, c'est rare, non ? J'espère qu'il va rester longtemps là où il est, et ça m'est égal de ne pas en comprendre le sens.

Elle n'a pas tort, pensa-t-il, subjugué par son enthousiasme.

Une création que personne ne remarquera peut-être, ou le contraire. Qui existe, et dont le créateur ignore si elle est vue. L'idée que celui-ci habitait peut-être la même ville que lui l'amusa.

— En tout cas, j'espère qu'il est conçu pour être lu "pression", murmura-t-il.

Elle lui adressa un regard interrogatif.

— Parce que si la lecture est celle du verbe "vivre" ou de "vie", on peut penser qu'il s'agit d'un message, ou d'une prière…

L'expression de son interlocutrice passa de l'excitation au découragement.

J'aurais mieux fait de me taire, pensa-t-il.

Il ne cherchait en aucune façon à doucher son enthousiasme. Ni à prendre une quelconque revanche sur elle qui l'avait privé d'un livre qu'il aurait voulu emprunter.

— Vous n'avez peut-être pas tort… Il peut y avoir une intention plus profonde. Peut-être que la personne qui l'a conçu pensait à un membre de sa famille gravement malade, et que c'est une sorte de prière pour son rétablissement.

— Je suis sûr que ce n'est pas ça ! s'écria-t-il. Parce qu'il y a assez de temples et de sanctuaires le long de cette ligne pour demander ce genre de faveurs.

Le tracé de la ligne Hankyū Takarazuka suit une ancienne route de pèlerinage et les trois arrêts après cette gare desservent chacun un temple bouddhiste ou un sanctuaire shintō. Celui de la bibliothèque centrale se trouve au pied de la colline du temple Kiyoshi Kōjinji, le deuxième donne accès au sanctuaire Mefu, où sont honorées des divinités mineures mais importantes pour la population locale, et le troisième, au temple Nakayama-dera, un des plus populaires de la région.

Et si l'on prend la ligne Hankyū Imazu vers Nishi-nord, l'arrêt avant cette gare est celui du sanctuaire Mondo Yakujin, très fréquenté aussi. On y prie pour la paix du foyer, la guérison, la réussite aux examens et les accouchements faciles.

— Je suis sûr que j'ai eu tort d'interpréter ce caractère comme une prière cachée. Quelqu'un qui espérerait le rétablissement d'un proche aurait plus vite fait d'aller prier dans un des temples ou sanctuaires du coin ! Parce qu'il y a vraiment le choix, par ici.

— Vous croyez ?

— Quand on y réfléchit, il y a bien d'autres interprétations possibles. C'est peut-être une blague, ou même une malédiction.

— Une malédiction ? répéta-t-elle, intriguée. Où allez-vous chercher ça ?

— Si on lit le caractère comme "vie" dans "vie et mort", on peut lui trouver un aspect occulte, ésotérique. Puisque l'eau de la rivière finira nécessairement par le faire disparaître. Un étudiant aurait très bien pu penser à ça.

— Dites donc… Moi, je n'aurais jamais envisagé ça ! lança-t-elle avec une moue boudeuse. Alors que ça fait un mois que je l'ai remarqué. Vous venez de le découvrir, et ça vous inspire toutes sortes de choses...

— J'ai l'impression que vous n'aimez pas perdre.

— Je voyais ça comme un geste gratuit, rien de plus.

Elle m'a devancé pour emprunter le livre mais elle est quand même très sympathique, pensa-t-il.

L'explication la plus inoffensive et la plus agréable qu'elle avait attribuée à ce caractère à la signification ambiguë lui avait donné envie d'aller boire une bière.

Le haut-parleur annonça que le prochain arrêt était Sakasegawa. Le train avait dépassé Takarazuka-minamiguchi à leur insu.

— Je descends ici, annonça-t-elle.

— J'aurais aimé habiter près de cette gare. Quand j'ai déménagé, j'ai cherché dans le quartier, sans succès.

Cela n'avait aucun rapport avec ce dont ils parlaient mais il souhaitait prolonger leur conversation.

— Ah bon ? Moi j'ai tout de suite trouvé quelque chose tout près de la gare.

— Le théâtre de Takarazuka n'est pas loin d'ici, non ? J'ai entendu dire que beaucoup de fans de cette troupe féminine souhaitent habiter ici. L'agence immobilière à qui j'ai eu affaire ne m'a présenté que des appartements dont les propriétaires n'acceptaient que des femmes ou des familles.

— Vraiment ? C'est vrai que le quartier est pratique, avec la mairie et tout ça.

Le train ralentissait. Elle se leva et lui fit au revoir de la main. Il l'imita et ajouta :

— Je vais m'acheter une bière avant de rentrer chez moi. Je vote pour votre interprétation. C'est la plus plaisante.

Elle se retourna vers lui en souriant.

— Allons en boire une ensemble la prochaine fois qu'on se voit ! Moi, je préfère la bière pression à la bière en bouteille.

Qu'elle ait parlé de prochaine fois surprit Masashi. Ils n'avaient pas échangé leurs numéros de téléphone. En fait, elle avait commencé à lui parler alors qu'elle ne l'avait jamais vu, simplement parce qu'il avait fini par remarquer cette création qu'elle connaissait déjà.

— La prochaine fois qu'on se voit à la bibliothèque ! Vous y allez souvent.

Le train s'arrêta avant qu'il ne soit remis de sa surprise. Elle en descendit d'un pas léger. Au lieu de prendre l'escalator, elle emprunta l'escalier, l'épaule chargée de son cabas où souriait la souris.

Ce doit être lourd, pensa-t-il en se mordant les lèvres.

L'idée qu'elle aussi l'avait remarqué le fit rougir.

"La prochaine fois qu'on se voit."

On est samedi. Je n'ai rien de prévu cet après-midi.

Alors qu'il avait cru être le seul à savoir qu'ils se croisaient de temps à autre.

La prochaine fois. Où ? Quand ?

Il eut soudain envie de courir après elle pour savoir pourquoi elle lui avait adressé la parole.

Si tu préfères la bière pression, allons en boire une maintenant !

Il se rua hors du train.

La souris satisfaite n'était pas encore arrivée à la moitié de l'escalier quand il commença à le gravir deux marches à la fois.

TAKARAZUKA-MINAMIGUCHI

La gare de Takarazuka-minamiguchi est vieillotte. Elle aurait bien besoin d'être rénovée.

La précédente, Takarazuka, comme la suivante, Sakasegawa, sont animées. Takarazuka-minamiguchi donne l'impression d'avoir été abandonnée à son sort.

Tous les magasins du petit centre commercial de la gare qui vivotait il y a encore quelques années sont fermés, dans l'attente d'un réaménagement qui tarde à venir.

La seule construction digne d'intérêt à proximité est le Takarazuka Hotel, cher au cœur des amateurs de la Revue Takarazuka, cette compagnie de théâtre exclusivement féminine. La probabilité d'y croiser une de ses stars y serait élevée.

Shōko fit claquer ses talons aiguilles comme une menace en montant dans le train pour Nishi-nord qui venait d'arriver. Bien que le wagon ne fût pas bondé, presque toutes les places assises étaient prises. Elle resta debout dans sa robe blanche, préférant ne pas froisser le tissu de ce vêtement qu'elle avait payé cher.

Elle posa par terre le grand sac en papier orné de la marque du Takarazuka Hotel qui contenait les cadeaux remis aux invités du mariage*. Peu lui importait que les objets fragiles qu'il contenait soient abîmés. Elle ne se serait pas vêtue en blanc pour aller à un mariage dont elle se réjouissait.

La tête de la mariée quand elle l'avait aperçue ! Son expression appartenait maintenant aux images que Shōko n'oublierait jamais.

Une femme invitée à un mariage ne met pas de blanc, parce que cette couleur est réservée à la mariée. C'est le code vestimentaire le plus élémentaire à respecter pour ce genre d'événement. Quand elle s'était fait coiffer pour l'occasion, elle avait exigé des épingles à cheveux blanches, si bien que dès son arrivée sur les lieux de la réception, les autres invités l'avaient regardée dans le blanc des yeux.

Une robe blanche, le blanc des yeux…, c'était drôle, non ? Elle esquissa un sourire en se souvenant de leurs regards.

Jamais je n'aurais imaginé que tu me joues un pareil tour.

Cinq ans auparavant, Shōko avait été embauchée en même temps que le marié dans la société où ils travaillaient encore tous les deux. Ils avaient commencé à se fréquenter au bout de six mois, et cela faisait environ un an que leurs collègues s'attendaient à ce qu'ils se marient.

La mariée était entrée dans la société à la même époque, et elles avaient été amies. Le plus-que-parfait s'imposait. Shōko était incapable de préciser depuis quand.

* Au Japon, les invités d'un banquet de mariage reçoivent des cadeaux des mariés, qui les remercient ainsi de leur présence (et de leurs cadeaux en numéraire remis avant le banquet).

À la différence de Shōko, qui avait de grands yeux, un joli nez, une bouche bien dessinée et un caractère affirmé, la mariée n'avait jamais attiré le regard, ni enfant, ni adulte.

Elles avaient fait partie du même groupe pendant leur formation, et la mariée s'était unilatéralement attachée à elle. Elle s'était ensuite immiscée dans le cercle d'amis que Shōko, de nature sociable, s'était rapidement constitué au travail.

Un jour que l'autre n'était pas là, quelqu'un avait demandé à Shōko pourquoi elles qui étaient si différentes étaient amies.

Elle n'avait su que répondre. Dès le début, l'autre, qui manquait de personnalité, s'était appuyée sur elle. Plus tard, elle s'était rendu compte de sa présence dans son quotidien. Comme l'autre n'était pas très vive dans son travail mais pas non plus lente au point d'être pénible, Shōko avait continué à tolérer sa compagnie, qui ne lui pesait pas vraiment. La mariée se débrouillait pour être toujours près d'elle, sans qu'elle sût exactement pourquoi.

Lorsqu'elle avait commencé à sortir avec le futur marié, la mariée du jour, qui avait dû l'apprendre de quelqu'un d'autre, lui avait demandé si c'était vrai.

Elle l'avait confirmé, sans lui donner plus de détails. Il lui semblait préférable de ne pas s'étaler sur sa vie privée.

— Pourquoi ne m'en as-tu pas parlé ?, s'était-elle entendu dire sur le ton du reproche.

— Parce que nous ne sommes pas amies.

L'espace d'un instant, l'autre lui avait semblé pénible.

À y repenser, elle aurait peut-être dû prendre ses distances avec elle à ce moment-là. Mais elle avait préféré ne pas se fâcher avec une collègue.

Elle résolut de ne plus y penser. Inutile de réfléchir à des choses sur lesquelles on ne peut plus revenir.

— Une malédiction ? s'étonna une jeune femme assise non loin d'elle.

Elle avait parlé si fort que Shōko la regarda. Elle et son voisin étaient habillés comme des gens déjà entrés dans la vie active. Les sacs bien remplis qu'ils avaient chacun sur les genoux attirèrent son attention.

— Où allez-vous chercher ça ?

— Si on lit le caractère comme "vie"…

Visiblement intéressée, la femme avait mordu à l'hameçon, mais il semblait plus attentif qu'elle à leur environnement. Il parla moins fort, pour faire baisser la tension qu'elle avait exprimée. Il sait y faire, se dit Shōko, qui n'entendait plus ce qu'ils se disaient.

Une malédiction ?

Elle pouffa de rire.

Elle aussi avait peut-être lancé une sorte de malédiction.

Et elle avait eu besoin de sa robe blanche pour l'entreprendre.

Une fois qu'elle et le marié eurent célébré le quatrième anniversaire de leur relation, ils s'étaient mis à préparer leur mariage, une perspective qui avait fait naître chez eux certaines angoisses. Disputes et mésententes devinrent plus fréquentes.

Ses amies qui avaient déjà sauté le pas affirmèrent que cela ne durerait pas. Il fallait serrer les dents et supporter cette phase qui durerait jusqu'à la cérémonie. Elle les crut.

C'était sans doute vrai, à condition de ne pas avoir dans son entourage quelqu'un capable de profiter de ces tensions.

Elle se rendit compte qu'il la trompait car il n'était pas bon menteur. Puisqu'ils traversaient tous les deux une période délicate, elle décida de lui pardonner son infidélité, qu'il la confesse ou la taise.

Quand elle arriva au café où il lui avait donné rendez-vous, elle n'en crut pas ses yeux en le voyant assis à côté de cette jeune femme terne.

C'était elle ?

— Séparons-nous.

Pourquoi disait-il cela ? Cela n'avait aucun sens.

— Qu'est-il arrivé ?

Cette question était plus adressée à sa collègue qu'à lui, mais cette dernière se colla contre lui, l'air apeuré.

Sans rien dire, il posa sur la table un carnet rose. Sur lequel apparaissait le nom de la collègue. Un carnet de maternité.

L'espace d'un instant, elle se tut, interloquée.

— Tu m'as trompée alors qu'on est en train de préparer notre mariage, et sans capote, en plus ?

Les mots crus qu'elle venait de prononcer dans sa colère poussèrent l'autre à se mêler à la conversation.

— Pardon. Tout est de ma faute. C'est moi qui lui ai dit que ce n'était pas un problème de ne pas en mettre. Et que j'avorterais si je tombais enceinte.

Cet imbécile l'avait crue.

D'un seul coup, son calme lui revint. L'homme qu'elle avait fréquenté, avec qui elle pensait se marier, n'était qu'un idiot incapable de voir plus loin que le bout de son nez.

— Et tu es tombé dans le panneau, c'est ça ? Si elle était prête à avorter, pas de problème ? Tu te rends compte de ta veulerie ?

Que tout ça était déplaisant ! Les clients du café étaient tout ouïe. Elle se sentait humiliée d'être vue en compagnie de ces deux crétins.

— Et toi, tu en dis quoi ? lança-t-elle en désignant du menton l'autre, qui continuait à verser des larmes de crocodile.

— En fait, quand j'ai su que j'étais enceinte… Dès qu'on a commencé à travailler dans cette société, il m'a plu… Je lui ai dit que je voulais garder l'enfant, que je l'élèverais seule, et que ça m'était égal qu'il ne le reconnaisse pas.

Menteuse. Si tu pensais vraiment ce que tu dis, tu aurais disparu sans laisser de trace. Tu lui as dit ça parce que tu avais deviné qu'il se laisserait attendrir.

Devait-elle se réjouir ou s'attrister de sa faiblesse à lui ?

— Toi, je sais que tu es forte et que tu t'en tireras bien toute seule.

Ne me sors pas ces paroles de variétoche ! Si j'étais vraiment capable de vivre seule, pourquoi aurais-je passé presque cinq ans avec toi ? Pourquoi aurais-je continué à te supporter alors même que l'idée du mariage m'angoissait ?

— Mais elle, elle est enceinte, et elle est plutôt faite pour devenir mère et femme au foyer… Je n'aurais jamais pu être heureux avec toi en faisant comme si je ne savais pas qu'elle attendait un enfant de moi !

Pauvre imbécile ! Tu t'es fait avoir par cette traînée, capable de te séduire alors qu'elle affirmait haut et fort être mon amie, et tu la trouves faite pour devenir mère et femme au foyer ?

— D'ailleurs tout ça ne te tire même pas une larme. Elle, elle pleure, mais ta réaction à toi, c'est de te mettre en colère et de nous agresser. Si tu réagissais autrement, peut-être que…

— Tu ne crois pas que tu ferais mieux de ne pas en dire davantage ? Tu t'enfonces, et ce n'est pas sympa pour elle non plus.

Il dut comprendre son avertissement car il se tut.

Si tu avais réagi autrement, je t'aurais choisie et je lui aurais demandé d'avorter, c'était ce qu'il insinuait ?

Shōko en avait assez entendu.

— Je te rends ta liberté, à une condition. Je te poursuivrai pour rupture de fiançailles si tu ne l'acceptes pas.

Ils étaient sortis ensemble pendant cinq ans, et préparaient leur mariage depuis des mois. Elle connaissait l'état de ses finances. Il n'avait pas les reins assez solides pour lui payer une compensation une fois qu'il se serait marié avec l'autre parce qu'elle était enceinte.

— J'exige d'être invitée à votre mariage.

L'autre, qui était sentimentale, tenait à se marier en blanc.

Pour la première fois, elle pleura pour de vrai. Il devint clair que jusqu'à cet instant elle n'avait versé que des larmes de crocodile.

Lorsque l'autre et lui annoncèrent leur mariage aux différents services de la société dans laquelle ils travaillaient tous les trois, la même surprise apparut sur tous les visages – selon les informations que

Shōko reçut de son vaste réseau. Elle ne s'était pas privée de l'utiliser pour faire savoir que l'autre, qui avait séduit son ex-fiancé, en était enceinte.

Elle continua à bien faire son travail en supportant avec dignité l'outrage subi. La réputation des futurs mariés en souffrit. Shōko étant de loin la mieux notée des trois, elle bénéficia de la sympathie de ses supérieurs.

Cette femme sans scrupules qui avait toujours nagé dans son sillage sans y être invitée avait fini par lui voler son fiancé juste avant leur mariage, et ce pauvre imbécile s'était fait avoir.

Qu'ils n'aillent pas croire qu'ils l'emporteraient au paradis!

Ils étaient apparemment bien décidés à limiter les dégâts en ne conviant à la cérémonie et à la réception que les familles et les proches. Shōko s'était laissé dire qu'un de leurs supérieurs avait déclaré tout de go à son ex qu'il s'était fait une joie d'aller à son mariage, mais pas avec cette femme-là.

Le grand jour arriva.

Elle avait été invitée en tant qu'amie de la mariée.

La robe blanche qu'elle avait choisie aurait pu convenir à une mariée partisane de la simplicité. Tous les regards se tournèrent vers elle lorsqu'elle arriva sur les lieux du banquet.

La réception fut plutôt terne. Le marié avait renoncé à inviter ses amis les plus proches, parce qu'ils connaissaient tous Shōko, au profit de camarades de second plan qu'elle n'avait jamais rencontrés.

Les amies de la mariée n'en paraissaient pas particulièrement proches. Elle qui n'était qu'une suiveuse de Shōko dans leur société avait sans doute collé à quelqu'un d'autre quand elle était étudiante.

— Quelle robe extraordinaire !

Shōko rit en entendant ce commentaire qui exprimait sans détour la curiosité de celle qui l'avait émis.

— Je me suis dit que je pouvais me le permettre en tant qu'ex-fiancée du marié qui s'est laissé séduire par la mariée et l'a mise enceinte.

Les cris de surprise et les rires de ses compagnes de table lui firent penser qu'elles ne considéraient vraisemblablement pas la mariée comme leur amie.

Elle ne fut jamais aussi heureuse d'être née plutôt belle que lorsque les mariés firent le tour des tables.

Même après avoir bénéficié des soins d'une maquilleuse professionnelle, la mariée était beaucoup moins jolie que Shōko, qui portait en outre une robe d'une grande élégance.

Le visage de la mariée exprimait sa tension. La mine défaite, elle jeta un coup d'œil au marié. Shōko devina que c'était pour savoir qui il regardait.

Il la fixait. Elle, la femme qu'il aurait dû épouser s'il n'était pas tombé dans le piège tendu par celle qui était à son bras.

— Je vous souhaite beaucoup de bonheur, déclara-t-elle.

Les félicitations de ses compagnes de table manquaient de conviction. Au moment où le photographe s'apprêtait à prendre une photo du groupe, la mariée s'écria d'une voix aiguë :

— Ce n'est pas la peine de nous photographier à cette table !

Ses voisines se chargèrent d'enfoncer le clou : "Ce n'est pas gentil ! On n'a rien fait de mal ! On est là parce qu'elle nous a demandé de venir !" Soit elles sont mal élevées, soit elles ont décidé de prendre parti pour moi, pensa Shōko. Les deux hypothèses lui convenaient : elle était venue au mariage déterminée à faire preuve de vulgarité.

Le maître de cérémonie apprit à l'assistance que la mariée avait choisi cet établissement parce que sa mère y avait célébré son mariage. Cette belle histoire n'arrangea pas l'ambiance à la table de Shōko.

Juste avant la projection de la vidéo qui présentait le passé des mariés, lorsque les lumières avaient été baissées, une employée de l'hôtel vint la trouver, un châle noir à la main.

— Si vous me permettez… La mariée trouve votre tenue trop voyante, et elle aimerait que vous le mettiez sur vos épaules.

— Très bien.

Le moment était venu. Shōko se leva posément.

— Je suis désolée mais je ne vais pas pouvoir rester plus longtemps. Pourriez-vous me raccompagner, s'il vous plaît ?

L'employée fit preuve d'un grand professionnalisme. Sans lui poser aucune question, elle la guida hors de la salle obscurcie.

Une fois à l'extérieur, elle tendit à Shōko le sac contenant les cadeaux destinés aux invités. Celle-ci essaya de le refuser, mais la femme insista.

— Si vous ne l'acceptez pas, je subirai des remontrances pour ne pas vous l'avoir remis. Je vous prie de le prendre.

Elle avait sans doute saisi ce qui se jouait. Nul besoin d'en faire plus. Shōko quitta l'hôtel, le sac à la main.

Le couple de tout à l'heure se leva lorsque le haut-parleur annonça que le train entrait en gare de Sakasegawa.

— Allons en boire une ensemble la prochaine fois qu'on se voit ! Moi, je préfère la bière pression à la bière en bouteille.

Le jeune homme eut l'air surpris.

— À la bibliothèque ! Vous y allez souvent. La prochaine fois qu'on se voit là-bas.

Elle se dirigea vers la porte d'un bon pas.

Il hésita un instant, puis la suivit et monta quatre à quatre l'escalier où elle l'avait précédé.

Ces deux-là ne formaient pas encore un couple.

— Dommage, murmura-t-elle.

Elle était heureuse d'avoir vu l'instant où un amour débute. Bien que cela lui fût douloureux.

Elle venait de jeter un sort aux mariés. Même si son ex se savait discrédité sur son lieu de travail, chercher un autre emploi ne serait pas facile avec la récession qui s'éternisait. La mariée n'avait pas non plus les moyens de s'arrêter immédiatement. Elle continuerait à affronter les regards mauvais de ses collègues du même sexe.

Selon le dicton, il faut soixante-quinze jours à une rumeur pour disparaître. Tant que Shōko serait leur collègue, elle veillerait à l'entretenir.

Elle resterait dans cette société pour leur nuire. L'idée selon laquelle il est vain de maudire ou détester autrui ne lui était d'aucun secours. Elle était prête à se montrer retorse.

Donner sa démission serait s'avouer battue. Elle ne le ferait pas avant que l'autre commence son congé maternité (dont elle ne reviendrait probablement pas).

Une vieille dame accompagnée d'une petite fille arriva du wagon voisin, à la recherche de places assises. L'enfant tendit le doigt vers Shōko et s'écria : "Une mariée !"

Les larmes affluèrent à ses yeux.

J'aurais voulu être la mariée, aux côtés de ce garçon avec qui j'ai été pendant cinq ans. Je ne suis pas tombée amoureuse de lui parce que je n'avais rien de mieux. Non, c'était comme avec ce jeune homme qui vient de sauter du train pour rattraper cette jeune femme. Je l'aimais, il était gentil même s'il n'était pas toujours fiable. Cet aspect de sa personnalité m'a irritée quand nous préparions notre mariage, mais je l'ai attribué à l'angoisse qui précède ce grand moment. Je me disais que ça lui passerait.

En tout cas, elle n'avait pas voulu que leur histoire finisse ainsi, à cause de cette manipulatrice qui, non contente de lui voler son amoureux, avait réduit à néant les cinq ans que Shōko avait passés avec lui.

Shōko n'avait eu d'autre choix que de penser qu'elle ne voulait pas d'un homme pareil.

Je ne suis pas une mariée, petite.

J'ai mis une robe blanche de mariée pour jeter un sort.

SAKASEGAWA

Qu'ils sont mignons !

Tokié avait plissé les yeux en voyant le couple arrêté au milieu de l'escalier.

Le jeune homme au regard intense venait d'adresser la parole à une jeune fille aux longs cheveux dont le cabas était décoré d'une image de ce personnage de Disney que sa petite-fille aimait tant.

— Et si on prenait ce verre ensemble aujourd'hui ? Maintenant, ça irait ?

Il avait dû monter l'escalier quatre à quatre car il était essoufflé.

— Enfin, sauf si vous avez un copain…

— Ce n'est pas le cas, répondit-elle en riant. En fait, j'en cherche un. Donc ça ne me dérange pas du tout d'aller boire un verre avec vous.

— Eh bien…

— Allons-y !

— Le train arrive, mamie !

Tokié, qui avait suivi, attendrie, ce début d'une histoire, se hâta de reprendre sa descente. Elle n'était pas vieille au point de ne pas oser se dépêcher dans un escalier.

— Ouf ! lança l'enfant une fois dans le wagon.

Comme le message demandant aux voyageurs de ne pas tenter de monter au moment de la fermeture des portes n'était pas encore diffusé, il restait en réalité un peu de temps avant le départ.

— Heureusement qu'on l'a eu, hein, mamie !

Sa petite-fille avait la langue bien pendue, et Tokié se retint de lui dire que, seule, elle n'aurait jamais douté de l'avoir. Une grand-mère ne parlait pas comme ça.

Son fils et sa belle-fille lui avaient confié la garde de l'enfant car ils voulaient aller au cinéma. Elle l'avait à nouveau emmenée au Dog Garden, qui avait succédé au parc de loisirs Takarazuka Family Land. C'était un bon endroit pour sa petite-fille, qui adorait les chiens. On pouvait en promener un, même lorsqu'on n'en élevait pas. Au retour, elles s'étaient arrêtées comme convenu à Sakasegawa, où se trouvait le magasin favori de sa petite-fille, le plus grand du secteur, où tout coûtait 100 yens (d'après elle, c'était plus facile de persuader un adulte d'y acheter quelque chose). Tokié lui avait offert des bonbons et un jouet.

— Qu'il était mignon, le chien d'aujourd'hui…

Il s'agissait d'un welsh corgi. La grand-mère, qui aimait secrètement les chiens encore plus que sa petite-fille, connaissait leurs races mieux qu'elle.

Voyant qu'il n'y avait pas de places assises dans le wagon où elles étaient montées, Tokié décida de passer dans le suivant.

— Tu as pensé à mes autocollants, mamie ?

— Oui, je t'en ai pris des nouveaux.

— Maman a dit que j'en avais assez.

Sa belle-fille n'avait pas encore compris qu'il était impossible de faire une confidence à un enfant en lui disant de la garder pour lui. À moins qu'elle n'ait décidé de lui faire passer le message par son intermédiaire, ce qui serait remarquable.

— Même si tu en as assez, je te les laisserai.

Son fils et sa femme demandaient souvent à Tokié de garder leur fille, mais ils ne lui parlaient jamais de vivre sous le même toit bien qu'elle ait perdu son mari quelques années plus tôt. Elle ne le faisait pas non plus, n'ayant aucune envie de leur imposer la cohabitation.

Leurs relations étaient cependant loin d'être mauvaises. Tokié dormait parfois chez eux, et l'inverse arrivait aussi.

Outre la maison entièrement payée, dont son fils unique et sa femme hériteraient à sa mort, son mari lui avait laissé un peu d'argent.

L'idée qu'elle deviendrait peut-être invalide n'était pas rassurante, mais elle avait pris une assurance privée pour couvrir ce genre de frais et s'efforçait de rester en forme et de bien se nourrir. Plus les années passaient, plus elle espérait qu'elle aurait la grâce de mourir subitement.

Depuis la mort de son mari, elle s'autorisait de menus plaisirs, pensant qu'elle vivrait sans doute seule jusqu'à la sienne.

Elle aimerait avoir un chien au moins une fois dans sa vie.

Il faudrait le promener tous les jours, ce qui serait bénéfique pour sa santé. Elle voyait souvent des gens plus âgés qu'elle promener des chiens de petit gabarit et elle s'en sentait parfaitement capable.

Si d'aventure elle ne pouvait plus s'en charger, sa petite-fille le ferait à sa place avec plaisir. Son fils et sa belle-fille, qui hériteraient d'elle, ne rechigneraient pas à en prendre soin.

Elle entra dans la voiture suivante en songeant à tout cela et vit une jeune femme vêtue d'une magnifique robe blanche, debout près de la porte, telle une mariée qui vient de s'enfuir de son banquet de noces. Elle était jolie, mais son expression était celle de quelqu'un qui vient de commettre un crime.

Sa petite-fille était à l'âge où l'on se passionne pour les princesses, les mariées et les froufrous.

— Une mariée ! s'écria-t-elle en la montrant du doigt.

Une larme coula aussitôt sur la joue de la jeune femme.

Un adulte ne pouvait que deviner qu'on ne s'habille pas comme ça sans raison. Le nom du Takarazuka Hotel, un établissement recherché pour les banquets de mariage, figurait sur le grand sac en papier posé à ses pieds. Une femme sensée ne porterait en aucun cas une robe blanche aussi voyante pour aller à une telle réception. L'outrage que cela constitue conduirait immanquablement à la conclusion qu'il manque quelques cases à son auteure.

Une tenue aussi raffinée coûtait cent mille yens au bas mot – et les larmes qui coulaient sur les joues de cette jeune femme qui respirait l'intelligence excluaient la possibilité qu'elle ait choisi de s'habiller ainsi par ignorance.

Comprenant que cette vision enchantait sa petite-fille, Tokié la fit s'asseoir. Comme il n'y avait qu'une seule place, elle se mit en face d'elle en se tenant à la barre.

L'enfant dévorait la jeune femme des yeux. Curieuse comme on l'est à son âge, elle était à coup sûr sur le point de demander pourquoi la mariée pleurait.

Mieux valait l'éviter en entamant une conversation d'adultes avec la jeune femme. Sa petite-fille savait que les enfants n'ont pas le droit d'y prendre part.

— Vous avez lavé votre affront ?

La jeune femme mit quelques secondes à réaliser que Tokié lui parlait.

— C'est à moi que vous posez la question ?

— Oui.

Tokié avait choisi d'être directe, mais la jeune femme y perçut une critique.

— Vous devez penser que je ne sais pas me tenir. Porter une robe blanche en ayant ce sac qui indique d'où je viens.

— Ne vous méprenez pas, je n'ai aucune intention de vous juger. Libre à vous de penser que je ne sais pas me tenir. Si je vous ai demandé ça, c'est juste parce que je suis une vieille indiscrète qui a envie de savoir si votre vengeance a marché.

Une fois sa surprise passée, la jeune femme esquissa un sourire.

— Je n'en sais rien. Peut-être que ça les a rapprochés l'un de l'autre, par réaction. Mais je serai satisfaite s'ils se souviennent de moi chaque fois qu'ils pensent au jour de leur mariage. Je ne voulais pas que ce soit le plus beau de leur vie, mais au contraire un épisode qu'ils aimeraient oublier.

Elle s'interrompit.

— Je me suis fait piquer mon copain, reprit-elle sur un ton moins tendu. Nous commencions à préparer notre mariage, et elle a profité des tensions inhérentes à ce genre de moments pour le séduire. C'était prémédité. Il l'a mise enceinte et quand elle est venue pleurer sur son épaule…

— Des roublardes comme ça, il y en a toujours eu. Je vous plains.

— Vous n'êtes pas comme tout le monde, vous! Quelqu'un d'autre que vous m'aurait dit, surtout une personne de votre âge, qu'on ne doit jamais chercher à nuire à quelqu'un, quel que soit le tort subi.

— Seule une sainte pourrait supporter ça sans maudire en retour. Ça soulage de se venger et de rendre les coups si on en a la force, et qu'on est sûr de ne pas le regretter.

Tokié tourna les yeux vers l'extérieur. La voie était bordée de vieilles maisons.

— Pour maudire quelqu'un, il faut être prêt à l'assumer et à l'expier. Vous l'avez fait parce que vous avez été profondément blessée, et ça ne servirait à rien que quelqu'un d'extérieur essaie de vous convaincre du contraire. Et puis n'oubliez pas que je ne suis qu'une vieille indiscrète!

— ... Je suis plus jolie que la mariée.

— Je n'en doute pas.

Elle ne se serait jamais lancée dans un tel projet si ce n'était pas le cas.

— Lorsque les mariés sont venus à ma table, elle s'est tournée vers lui, en faisant une de ces têtes... Lui me regardait. Il m'a vue plus belle que je ne l'avais jamais été pendant les cinq ans que nous avons passés ensemble. Je serai contente s'il pense à moi dans dix ans, quand elle sera devenue une ménagère usée par la maternité et la vie. Même fatiguée et vieillie, je serai plus belle qu'elle... Oui, je voudrais qu'il pense à moi, avec qui il avait prévu de faire sa vie. Qu'il se souvienne de moi aujourd'hui, qui étais tellement plus belle qu'elle malgré tous ses efforts pour ce qui aurait dû être le plus beau jour de sa vie à elle. Et qu'il soit triste que sa bassesse lui ait fait perdre ce qu'il aurait pu avoir.

Elle avait la tête de quelqu'un qui vient de tuer, mais elle aussi avait été blessée. Ses paroles, qui auraient pu être interprétées comme des vantardises, étaient le sang qui coulait de ses blessures.

— Peu m'importe que les autres m'aient trouvée arrogante ou vaine. J'étais prête à tout pour leur nuire. Je voulais que ce jour qui aurait dû être le plus beau de leur vie soit maudit pour eux.

— Vous avez du courage, déclara Tokié en hochant la tête avant de reprendre sur un autre ton : Vous travaillez dans la même société qu'eux ?

— Oui.

— Je vais vous parler comme la vieille curieuse irresponsable que je suis. Libre à vous de tenir ou non compte de ce que je vais vous dire.

La jeune femme tendit l'oreille, l'air docile.

— Maudissez jusqu'à plus soif. Tant que vous serez collègues, il sera mal à l'aise au travail, et ça ne sera pas bon pour sa carrière.

Elle décida de ne pas parler de la mariée. La vie avait appris à Tokié qu'il était peu vraisemblable qu'une roublarde comme elle choisisse de continuer à travailler une fois l'enfant né. Et elle aurait de toute façon du mal à le faire. Sa ruse pour séduire le fiancé de sa collègue avait fonctionné, mais elle n'était probablement pas assez forte pour supporter les regards réprobateurs de l'entourage.

— Une fois que vous serez satisfaite, je vous recommande de démissionner.

Elle se tut. La jeune femme l'avait écoutée en silence. Une personne intelligente comme elle ne pouvait que comprendre ce que Tokié avait dit.

Si elle traquait sans merci, jusqu'à ce qu'il s'effondre, le marié affligé d'une épouse qui dépendait entièrement de lui, cela lui vaudrait la rancœur perpétuelle du couple. Sa malédiction se retournerait contre elle.

Tokié ignorait à quel point cette jeune femme l'avait aimé. Elle était jeune et jolie, et se remettrait de sa blessure. C'était une certitude.

— J'ai compris, répondit la jeune fille, qui paraissait sincère.

"Prochain arrêt, Obayashi ! Obayashi !"

L'annonce décida Tokié à se mêler encore un peu de ce qui ne la regardait pas.

— Si vous avez le temps, descendez donc ici. Vous avez mauvaise mine, et vous pourrez vous reposer un peu par ici. C'est une bonne gare, dans un quartier agréable.

La jeune femme lui jeta un regard perplexe, puis décida de suivre le conseil de cette vieille dame avec qui elle avait eu, entre deux arrêts, une conversation franche.

— Eh bien, je vais le faire.

Le train ralentit puis s'arrêta.

Les portes s'ouvrirent et un jeune couple monta en regardant sans vergogne la robe blanche, qui attirait l'attention sur cette ligne locale.

— Mademoiselle, vous avez oublié ça ! s'écria la petite-fille de Tokié à l'intention de celle qui la portait.

Les épaules de la jeune femme frémirent. Peut-être avait-elle voulu se débarrasser de ce sac encombrant. Mais elle se retourna pour le prendre.

Le visage tendu, elle salua la petite fille d'un geste de la main avant de descendre du train.

— Elle était belle, cette mariée, fit l'enfant en la suivant des yeux sur le quai alors que le train repartait.

— Ce n'en était pas une.

La voix de Tokié n'était pas tendre, sans doute parce que d'une certaine manière elle respectait la vraie mariée.

— Une mariée ne prendrait pas le train toute seule. Tu as bien vu qu'il n'y avait pas de marié avec elle.

— Ah oui, c'est vrai…

Le blanc n'est pas réservé aux mariées. Dans les drames en costumes, les femmes qui visitent le sanctuaire à l'heure du bœuf* ou qui se lancent dans une vendetta sont toujours en blanc.

Le blanc convient aux célébrations comme aux malédictions. Même si sa petite-fille n'était pas encore en âge de le percevoir.

— Elle était trop, celle-là, hein ?

— Oui, et belle en plus !

— Ce n'est pas ce que je veux dire.

Debout de l'autre côté de la porte, le jeune couple qui venait de monter dans le wagon ne put s'empêcher de faire un commentaire à son sujet. Tokié n'en fut pas surprise.

— Quand même, qu'une fille qui porte ce qui ressemblait drôlement à une robe de mariée ait à la main un sac qui montre qu'elle revenait d'un mariage !

— Qu'est-ce que ça peut faire ?

— Les hommes n'ont aucune idée des convenances. On ne porte jamais de blanc quand on est invité à un mariage. Ça ne se fait pas. Et surtout pas une aussi belle robe ! Je suis sûre qu'elle devait avoir une bonne raison pour le faire.

* Procédé de malédiction traditionnel.

C'était bien vu, mais Tokié ne souhaitait pas que sa petite-fille en entende plus. Elle avait déjà remarqué – elle était encore petite mais déjà fille – que les nouveaux arrivants parlaient de la jeune femme de tout à l'heure. Tout en faisant semblant d'être sagement assise, elle tendait l'oreille. Même si elle ne comprenait pas tout, elle savait que la jeune femme en blanc était critiquée.

— Ami !

Sa petite-fille leva immédiatement la tête vers sa grand-mère, sans doute parce qu'elle avait, malgré son jeune âge, mauvaise conscience d'écouter une conversation.

— Tu sais que j'envisage de prendre un chien ?

— Vraiment, mamie ?

Elle lui lança un regard ravi. L'excitation visible dans ses yeux faisait comprendre qu'elle avait déjà oublié ce dont le jeune couple discutait.

C'était très bien comme ça. Cette histoire n'était pas de son âge.

— Moi, je trouve que tu devrais prendre un golden retriever !

— Je suis trop vieille pour avoir un gros chien. Il m'en faut un plus petit.

— Alors un comme celui d'aujourd'hui… Un petit corgi ?

— Oui, c'est la bonne taille. Mais je pensais plutôt à un shiba.

— Ah oui, les shiba, c'est mignon aussi.

Sa petite-fille aimait tellement les chiens qu'elle s'enthousiasmait, quelle que soit la race mentionnée.

— Et pourquoi pas un encore plus petit ? Comme un chihuahua.

— Non, j'en veux un plus grand quand même.

Puisqu'elle habitait une maison, elle en voulait un qui soit un peu plus consistant, même si elle n'avait plus la force de s'occuper d'un gros.

— Dépêche-toi d'en avoir un ! Je t'aiderai tout le temps à le promener, tu sais !

Tout en pensant que sa belle-fille ne verrait pas nécessairement cela d'un bon œil, Tokié entreprit d'énumérer les races possibles, en décrivant à Ami celles qu'elle ne connaissait pas. Sa petite-fille avait sans doute complètement oublié cette mariée qui n'en était pas une.

— Mais mamie, si tu aimes tant les chiens, pourquoi n'en as-tu jamais eu jusqu'à présent ?

Surprise par cette question à laquelle elle ne s'attendait pas, elle y réfléchit. Quand elle était enfant, sa famille avait des chiens ; après son mariage, elle avait habité une maison, et en réalité rien ne l'interdisait…

— Ah… ça me revient.

Elle se mit à rire en se rappelant la raison.

— Papi n'aimait pas les chiens, tu sais !

— Ah bon ?

À son époque, les mariages d'amour n'étaient pas la norme. Elle avait rencontré celui qui était devenu son mari par l'entremise d'un marieur qui les avait présentés l'un à l'autre – ils avaient tous les deux le bon âge et leurs familles étaient compatibles. Ils s'étaient revus et, petit à petit, l'envie de l'épouser lui était venue.

Le jour où il lui avait demandé s'il pouvait venir saluer ses parents le dimanche suivant, elle n'avait eu aucune raison de refuser, car elle était prête à confier son avenir à ce jeune homme sérieux et chaleureux.

Le dimanche arriva. Vêtu de son meilleur costume, il sonna à la porte de ses parents, tenant d'une main un bouquet de fleurs pour elle, et de l'autre une bouteille de bon saké pour ses parents.

La famille de Tokié vint l'accueillir dans un joyeux tohu-bohu qui ne plut pas à tout le monde.

Le sourire de son futur époux s'effaça soudain, et il poussa un cri perçant.

Bien qu'il fût attaché à sa niche, le chien de race kai qu'ils avaient à l'époque venait de le mordre au postérieur.

Son meilleur costume était fichu (craignant pour sa réputation, le père de Tokié le dédommagea), et on appela le médecin du quartier pour badigeonner de teinture d'iode le postérieur que le promis dut exposer dans la salle à manger, où la table était mise pour le recevoir. Le praticien reprocha à la famille de l'avoir dérangé pour des soins qu'ils auraient pu prodiguer eux-mêmes. Des remontrances compréhensibles, mais lequel de ses membres aurait pu soigner les fesses du jeune homme venu demander la main de la fille de la maison ? Par la suite, Tokié apprit à soigner morsures au derrière et hémorroïdes, mais à l'époque, son fiancé osait à peine l'embrasser.

Incapable de s'asseoir, son mari réussit à formuler sa requête, mais repartit en n'ayant presque pas goûté aux plats cuisinés pour l'occasion. La mère de Tokié lui remit un paquet pour lui permettre d'en manger chez lui.

Traumatisé, son mari eut peur des chiens pendant le restant de ses jours (les kai sont des chiens de chasse, à la mâchoire puissante). Chaque fois qu'un chien croisait son chemin, il poussait un cri et se cachait derrière sa femme.

Voilà pourquoi ils n'envisagèrent pas d'avoir un chien lorsqu'ils emménagèrent dans leur maison.

Veuve depuis plusieurs années, Tokié en avait très envie. C'était maintenant ou jamais.

Cette histoire avait toujours amusé son fils, qui riait chaque fois que son père se cachait derrière elle, même en face d'un chihuahua. Elle faisait toujours un détour quand elle en apercevait un pendant ses promenades avec son mari… Elle ne le raconterait à personne et emporterait ce souvenir dans la tombe.

Elle lui demanda pardon intérieurement.

Si j'ai un chien, tu reviendras quand même pour la fête des Morts ? Ça ira, hein ? Tu n'es plus qu'un esprit, les chiens ne peuvent plus te mordre. Et puis je pourrai lui mettre une muselière. De toute façon, tu n'auras qu'à t'asseoir sur ma tête s'il y a un problème.

Ne t'en fais pas, ce ne sera pas un kai.

OBAYASHI

Qu'est-ce qu'elle a de bien, cette gare ? se demanda Shōko en regardant les alentours. Elle avait suivi les conseils de la vieille dame.

La salle d'attente vitrée où elle se trouvait était meublée de sièges en plastique du côté du mur. Bien qu'ils soient alternativement roses et bleus, ils n'avaient rien de raffiné. Le climatiseur, qui servait sans doute de chauffage en hiver, était pratique, mais l'ensemble était vieillot. Les vitres s'embuaient probablement quand il pleuvait.

Les toilettes étaient propres mais n'avaient rien de remarquable non plus, et les boissons du distributeur étaient les mêmes qu'ailleurs.

Elle se dirigeait vers la sortie quand un oiseau voleta au-dessus de sa tête. Des gazouillis excités se firent entendre. Elle leva les yeux et vit un nid d'hirondelles.

L'oiseau nourrit ses petits et repartit immédiatement. Shōko entendit d'autres gazouillis venir de la direction opposée.

Elle se retourna et aperçut un autre nid. Puis un troisième. Les cris des petits chaque fois que leurs parents s'éloignaient formaient un véritable chœur.

Elle remarqua la planchette fixée sous chaque nid, et l'affiche, qui n'était pas l'œuvre d'un professionnel.

Elle lut : "Cette année aussi nous sommes de retour. Pardon pour le bruit que nous faisons, et merci de nous couver des yeux jusqu'à l'envol de nos petits."

Un texte qui ne pouvait qu'émouvoir le lecteur, probablement l'œuvre d'un employé de la gare.

Shōko avait souvent vu des affichettes appelant les passagers à faire attention aux nids d'hirondelles, généralement pour leur recommander de se méfier des fientes qui pouvaient en tomber, mais jamais écrites en se servant de la voix des parents hirondelles.

Son billet était pour Umeda, mais c'était sans importance. La gare d'Obayashi était si petite qu'elle n'était pas accessible en voiture, mais par deux allées, l'une recouverte de bitume et l'autre en briques, qui se rejoignaient devant la petite gare. Elle choisit la première et vit des bicyclettes garées sur un petit parking au fond duquel se trouvaient un supermarché et, un peu plus loin, une pharmacie.

Un parapluie accroché à l'envers sous l'auvent du premier l'intrigua.

Elle s'en approcha en se demandant à quoi il pouvait servir. Elle le comprit en apercevant un autre nid d'hirondelles au-dessus de la poignée. Il protégeait les passants des déjections.

Quelle bonne idée, pensa-t-elle. Elle le dit aussitôt au vieux monsieur en uniforme de gardien qui rangeait les vélos.

Il lui adressa un regard perplexe. Peut-être ne l'avait-il pas entendue.

— C'est une excellente idée ! répéta-t-elle en pointant le parapluie du doigt.

— Ah… ça ? Les nids d'hirondelles sont protégés. Elles viennent de loin, et portent bonheur. Mais un nid à un endroit pareil, ce n'est pas pratique. Ça peut salir les clients, et on a décidé d'installer ça.

"C'est une bonne gare."

Shōko venait de comprendre ce qu'avait voulu dire la vieille dame de tout à l'heure. Le quartier devait être bien aussi.

Elle décida d'acheter quelque chose dans ce magasin soucieux du bien-être de ses clients et des hirondelles. Elle n'avait presque rien mangé pendant le banquet. Personne ne lui reprocherait de consommer du thé et un encas sur le petit banc.

Elle salua le gardien et entra dans le supermarché. Des légumes en promotion étaient proposés près de l'entrée mais elle renonça à en prendre, ne voulant pas se charger.

Faire le tour de la petite surface bien achalandée, qui remplissait toutes les fonctions attendues et fermait tard le soir, ne lui prit pas longtemps. Ses horaires étaient pratiques pour les personnes seules, qui pouvaient y trouver autre chose que les repas tout prêts de *konbini*, ces supérettes de proximité ouvertes vingt-quatre heures sur vingt-quatre qui offrent toutes les mêmes produits. Une femme mariée qui travaillerait et habiterait près d'ici n'aurait aucun mal à tenir son ménage, se dit-elle, et cela raviva sa blessure. Aucune chance qu'elle soit dans ce cas dans l'immédiat.

Le rayon traiteur se trouvait juste avant les caisses. En plus des boîtes-repas, il offrait une variété de boulettes de riz, à l'emballage et à la composition plus artisanaux que celles des *konbini*. Elle en choisit une et prit une bouteille de thé.

Elle s'assit ensuite sur le banc tiédi par le soleil de cette journée de juin, l'esprit plus calme que dans le train, indifférente au risque de froisser sa robe.

La boulette, qui lui rappela celles que faisait sa mère, acheva de la rasséréner. Elle la savoura, puis but le thé. Cela suffit à calmer sa faim.

Elle alla jeter ses déchets à la corbeille et s'approcha du gardien rencontré plus tôt.

— Excusez-moi…

— Oui ? répondit-il avec un sourire, peut-être parce que les compliments de tout à l'heure lui avaient fait plaisir.

— Vous savez s'il y a un magasin qui vend des vêtements par ici ?

Sa question n'était pas impolie, puisqu'il n'y en avait pas au supermarché. Il inclina la tête, perplexe.

Il pointa du doigt une grande surface en bas de la colline.

— Je pense que vous en trouverez là-bas.

L'autre magasin paraissait immense comparé à celui-ci, elle ne risquait pas de se tromper.

Elle le remercia et s'éloigna.

Les passants qui la croisèrent regardèrent sa robe blanche sans animosité. La plupart d'entre eux, hommes et femmes, n'étaient pas, à de rares exceptions, habillés pour le travail à cette heure de la journée. Sa tenue devait leur paraître étrange.

Shōko n'y pouvait rien. Elle continua à marcher tranquillement vers la grande surface.

Le rayon confection féminine se trouvait au premier étage du bâtiment, qui en comptait quatre. Elle prit l'escalator et sentit de nouveau quelques regards curieux. Le magasin vendait surtout des vêtements destinés à des femmes plus âgées, ou à des ménagères. Ce n'était pas le genre d'endroits où elle s'habillait.

Elle alla payer le pantalon et le tee-shirt à manches courtes qu'elle avait sélectionnés.

— J'aimerais les porter immédiatement. Pourriez-vous enlever les étiquettes et me dire où sont les cabines d'essayage ?

L'employée en uniforme bleu lui jeta un regard dubitatif, mais fit ce qui lui était demandé. Pendant que Shōko se changeait, elle fit le guet devant la cabine, craignant peut-être une manigance de sa part. La robe blanche avait dû retenir son attention.

Non sans mal, Shōko réussit à la faire entrer dans le sac de caisse.

— Mais votre robe… s'écria la caissière ébahie lorsqu'elle ouvrit le rideau de la cabine.

Elle avait tout de suite compris qu'elle valait bien plus cher que ce que la cliente venait d'acheter.

— Ce n'est pas grave, lança Shōko avant de saluer de la tête.

Elle s'éloigna sur ses hauts talons. Ils n'allaient pas vraiment avec son nouveau pantalon, mais n'attiraient pas les regards.

Une fois dehors, elle déposa le sac dans une corbeille à papier.

L'idée de revendre cette robe qui lui avait coûté cher lui était venue, mais elle l'avait écartée car le vêtement était souillé par la vengeance à laquelle il avait servi. Mieux valait qu'il ne soit plus jamais porté.

Récupérer un peu d'argent de cette façon aurait été dénué de sens.

La centaine de milliers de yens qu'elle avait dépensée était le prix à payer pour laver l'affront.

Elle se sentait libérée. Les chaussures et le sac qu'elle portait faisaient partie de sa garde-robe. Elle regrettait de devoir rapporter chez elle les cadeaux qu'on lui avait remis, mais n'osait les mettre dans une corbeille à cause du tri sélectif.

Elle décida de faire le tour de ce quartier où elle était arrivée par hasard avant de reprendre le train et se dirigea vers une petite rue qui lui semblait animée.

Partout, des hirondelles voletaient devant les petites échoppes. Partout, elle vit des nids.

Ce n'étaient pas des oiseaux rares, mais cela faisait longtemps qu'elle n'en avait vu autant.

Loin d'être silencieux, ce quartier était animé à la mesure de sa taille. Les hirondelles y voyaient un bon endroit où élever leur progéniture.

La vieille dame n'avait pas menti : c'était une bonne gare, et un quartier agréable.

Shōko n'osa pas s'aventurer trop loin car elle n'était pas en terrain connu. Elle résolut de repartir vers la gare une fois qu'elle aurait fait le tour du centre commercial sur un sentier bordé d'arbustes en fleurs, tantôt blanches, tantôt roses, plantés d'une manière qui lui parut raffinée.

Elle alla acheter des lingettes démaquillantes à la pharmacie qui donnait sur une rue plutôt étroite mais très fréquentée. Le quartier était plein de vie.

Tout en marchant, elle se surprit à penser qu'elle aimerait habiter cet endroit pratique et plaisant.

Elle tourna dans la prochaine rue afin de ne pas suivre le même chemin et fut rassurée de voir qu'elle se terminait au bord du chemin de fer, comme elle l'espérait.

Une fois arrivée à la gare, elle s'acheta un billet et fit une autre découverte plaisante.

Les automates à billets étaient surmontés de décorations de *tanabata**, confectionnées par des mains enfantines, et d'une affichette qui précisait : "Les enfants de l'école du quartier nous en ont fait don. Espérons que cette année aussi la princesse tisserande et le bouvier se rencontreront !"

À en juger par la qualité des décorations, ce n'était probablement pas une initiative de l'école elle-même, mais d'élèves des petites classes. Ils avaient sans doute décidé de les offrir aux employés de la gare, et ceux-ci avaient accepté, comme le font généralement les adultes dans ce cas.

Mais combien d'adultes étaient capables de les exposer en y ajoutant une affichette ? Surtout s'ils n'étaient pas eux-mêmes enseignants ou parents ?

Elle prit un billet pour Umeda et adressa la parole à l'employé une fois passé le portillon.

— Excusez-moi…

— Oui ?

L'homme aux cheveux poivre et sel quitta son bureau pour venir vers elle. Shōko sortit du sac en papier de l'hôtel la boîte de gâteaux qui s'y trouvait et la posa sur le comptoir.

— Puis-je me permettre de vous donner cela pour vous et vos collègues ?

Il parut embarrassé.

— On m'en a fait cadeau à une petite réception où j'étais invitée, s'empressa-t-elle d'ajouter. Mais je ne peux pas manger de sucre. Je suis sûre qu'ils

* Fête des Étoiles, qui a lieu le 7 juillet, lorsque Orihime, la princesse tisserande, l'étoile Véga, et Hikoboshi, un bouvier, l'étoile Altaïr, se retrouvent.

sont délicieux, et ça m'embêterait de les jeter. Je serais ravie si vous les acceptiez.

Contrairement à la robe, qu'elle avait achetée pour sa vengeance, ces gâteaux n'étaient pas marqués par l'infamie. Une raison toute personnelle empêchait Shōko de savourer ces produits de la pâtisserie de l'hôtel, et elle se sentirait soulagée si quelqu'un le faisait à sa place.

— Vous êtes diabétique ? demanda l'employé, comme s'il était triste pour elle. C'est dur quand on est jeune comme vous. Vous êtes sûre que personne chez vous n'en voudrait ?

— Je vis seule. Et votre affiche m'a plu. Je suis contente de pouvoir vous exprimer ma reconnaissance, expliqua-t-elle.

L'employé se gratta la tête.

— Les hirondelles reviennent tous les ans, c'est touchant. C'est moi qui ai installé les planchettes, mais j'ai demandé à quelqu'un qui écrit mieux que moi de faire l'affiche.

— Bravo !

Elle le salua de la tête et s'éloigna. L'employé prit la boîte de gâteaux du Takarazuka Hotel.

— Encore merci ! Je transmettrai à la personne qui a fait l'affiche, lança-t-il avant de lui faire une courbette.

Un train entrait en gare au moment où elle arriva sur le quai, mais elle fit un arrêt aux toilettes.

Dans le miroir, son maquillage lui fit l'effet d'une peinture de guerre.

Il était voyant. Pour la première fois de sa vie, elle avait demandé à être la plus belle possible. La maquilleuse était une professionnelle, et elle avait rendu Shōko bien plus élégante que la mariée.

En la voyant, le visage de celle-ci s'était décomposé, comme si elle venait de croiser un monstre.

Ce résultat justifiait entièrement le recours aux services d'une professionnelle.

C'était le but recherché. Il avait été atteint.

Elle sortit le paquet de lingettes démaquillantes et commença à s'en servir. Il lui en fallut cinq pour tout effacer.

Elle utilisa sa trousse à maquillage pour retrouver son look naturel habituel.

À part ses vêtements qu'elle avait achetés trop vite, elle était presque revenue à son apparence de tous les jours.

Sa vendetta était terminée.

Elle ne s'était pas encore entièrement débarrassée de sa rancœur et de sa douleur, mais elle avait porté le fer là où il le fallait. Et n'avait aucun regret.

Quand viendrait son jour à elle ?

Peut-être était-ce grâce à cette vieille dame rencontrée par hasard dans le train qu'elle pouvait y penser.

NIGAWA

— Si je te le dis !

En riant, Misa recommença une énième fois ses explications au sujet de la femme en blanc descendue à Obayashi.

Sa bonne humeur était feinte car elle bouillait intérieurement.

— Ça ne se fait pas de s'habiller en blanc pour aller à un mariage !

— Mais enfin, pourquoi ? Si on est invité, on a le droit de faire ce qu'on veut, non ?

Katsuya, son petit ami, répétait sans fin cet argument qui n'en était pas un.

— Bien sûr, les invités comptent dans un mariage, mais la vedette du jour, c'est la mariée. Les mariés sont les hôtes, ça va de soi, mais les invités sont là pour fêter leur mariage. La mariée est toujours habillée en blanc, et une femme de bon sens ne choisira pas de vêtements de cette couleur.

— Et qui décide ce qu'est le bon sens ?

— Personne n'en décide, c'est évident !

Elle ne put retenir un soupir.

— Tu ne t'habillerais pas comme ça pour aller à un mariage, n'est-ce pas ? reprit-elle.

Il portait des vêtements trop grands, de style hip-hop.

— Tu critiques la manière dont je me fringue ?

— Pas du tout. Je parle juste de ce qui se fait ou ne se fait pas.

Elle ne comprenait pas pourquoi chaque discussion avec Katsuya finissait ainsi. Elle n'avait pas l'impression d'avoir dit quelque chose de bizarre.

— Une femme invitée à un mariage ne doit pas porter de blanc, même pas un châle. Ça ne se fait pas vis-à-vis de la mariée. Tout le monde la prendrait pour quelqu'un qui manque de bon sens.

Katsuya s'esclaffa.

— Les femmes se préoccupent trop de choses idiotes. Tu en es un bon exemple.

Elle sortait avec lui depuis près d'un an et connaissait son franc-parler, mais parfois il exagérait. Et quand cela arrivait, elle ne le laissait pas passer.

Elle se rappelait toujours trop tard qu'elle aurait mieux fait de se taire.

— Tu crois que tu en sais plus que moi sur ce qui se fait ou ne se fait pas pour un mariage ? L'autre jour, tu es allé à celui d'un copain plus âgé que toi, non ? Tu es sûr que tu as bien répondu à l'invitation ?

— Évidemment. Il suffisait de remplir la carte-réponse.

— Et tu as rajouté "Monsieur" avant le nom du destinataire ?

Il changea de tête. Comme chaque fois qu'elle lui faisait remarquer quelque chose qu'il ignorait.

— Tu ne l'as quand même pas renvoyée comme ça ?

Son ton était agressif parce qu'elle n'avait pas encore digéré ce qu'il venait de lui dire. Il ne lui répondit pas et elle en déduisit que c'était ce qu'il avait fait.

— La personne qui envoie l'invitation écrit son nom sur la carte-réponse sans mettre "Monsieur" avant, parce qu'on ne le fait pas pour soi-même. Mais la politesse veut que celui qui répond l'ajoute.

Katsuya, le visage sombre, continuait à garder le silence.

— Il faut aussi rayer le "Monsieur" qui précède ton nom sur l'invitation. Pour la même raison.

Il y avait d'autres variantes, plus poussées et plus correctes encore, mais Katsuya ne pouvait pas les connaître et elle décida d'en rester là.

Misa admira sa propre modération. Elle lui avait dit tout cela pour se venger et pour lui apprendre les bonnes manières. C'en était trop pour Katsuya, qui donna soudain un coup de pied dans la porte. Elle rentra la tête dans les épaules et lui jeta un coup d'œil, consciente d'être observée par tout le wagon.

La petite fille assise en face d'eux écarquillait les yeux, comme la vieille dame à côté d'elle, sans doute sa grand-mère.

Katsuya, qui n'avait pas pu ne pas le remarquer, donna pourtant un autre coup de pied, encore plus fort, dans la porte.

— Tu te crois supérieure parce que tu sais tout ça ?

Ça sent le roussi, pensa-t-elle. Si elle avait été chez lui, il l'aurait sans doute frappée.

— Pardon… Je ne me crois pas du tout supérieure… Je me suis dit que ça serait mieux que tu le saches, c'est tout…

— Tu me prends pour un crétin ! Et tu te crois supérieure parce que tu m'expliques ce genre de choses, c'est ça ?

Il donna un troisième coup de pied.

La petite fille se mit à pleurer. Même si sa colère n'était pas dirigée contre elle, le ton de Katsuya et son attitude devaient la terrifier.

Pardon. Tout est de ma faute, se dit Misa. Au même moment, Katsuya lâcha, un peu moins fort :

— Elle est chiante, cette gamine.

Voyant qu'il était tellement énervé qu'il risquait de la gifler en public, Misa renonça à lui rappeler que l'enfant pleurait à cause de lui.

"Prochain arrêt, Nigawa ! Nigawa !"

La vieille dame et sa petite-fille se levèrent en entendant l'annonce. Katsuya se dirigea aussi vers la porte. Misa le suivit, surprise.

— Tu veux descendre ici ? Mais on avait dit qu'on irait jusqu'à Nishi-nord pour aller dans une agence immobilière, non ?

— Tu m'en as fait passer l'envie.

Le ton sur lequel il dit cela lui fit comprendre qu'elle allait le payer.

— Je préfère aller parier, même s'il n'y a pas de grande course aujourd'hui. T'as qu'à chercher un appart toute seule.

La gare de Nigawa dessert l'hippodrome Hanshin, et elle est bondée les week-ends pendant la saison hippique. Il y a même devant la gare un passage souterrain qui mène directement à l'hippodrome, afin que la foule n'engorge pas les trottoirs.

Du côté opposé à l'hippodrome, la rue commerçante débouche sur un paisible quartier résidentiel. Les deux faces de cette gare n'ont rien à voir l'une avec l'autre.

Les courses de chevaux ne passionnaient pas Katsuya. Il ne pariait que sur les plus grandes, avec ses copains. C'était pour ennuyer Misa qu'il avait décidé de descendre ici.

La grand-mère attendait aussi que les portes s'ouvrent en s'efforçant de consoler sa petite-fille, qui continuait à pleurer.

Katsuya dit tout bas en la regardant que c'était une vieille conne. Misa comprit qu'il voulait lui dire que tout était de sa faute.

— Écoute, je te demande pardon. J'ai eu tort. Et je te promets de ne pas recommencer. Allez, viens, on va à l'agence, d'accord ?

Le train s'arrêta, il voulut descendre, elle tenta de le retenir, mais il la repoussa et elle vacilla.

Encore un peu et elle serait tombée. Katsuya ne se retourna même pas. Il marchait d'un bon pas vers la sortie. Elle le regarda s'éloigner. Elle n'avait pas envie de le suivre.

Elle se demanda comment les choses en étaient arrivées là.

Ils se disputaient souvent, qu'ils soient dehors, chez Katsuya, et même directement après l'amour.

Pourquoi leurs petits différends se transformaient-ils toujours en violentes querelles ? Lorsqu'ils étaient chez lui ou chez elle, il la frappait ; s'ils étaient dehors, il la plantait là. Même lorsqu'ils s'étaient donné rendez-vous quelque part. Misa ne comptait plus les fois où elle était rentrée seule chez elle, en larmes.

Il disait que vivre ensemble leur reviendrait moins cher. Quand il était de bonne humeur.

En ajoutant qu'avec elle, il était sûr que ça se passerait bien.

Mais il perdait tout sens de la mesure quand il était en colère. Que Misa implore son pardon en sanglotant n'y changeait rien. Ses colères ne s'arrêtaient que lorsqu'il en avait assez.

Ils étaient descendus les premiers. Les autres passagers passèrent à côté d'elle en lui jetant des regards compatissants. Elle y était habituée.

Un fort bruit de reniflement la fit se tourner. La vieille dame de tout à l'heure venait de moucher sa petite-fille, qui avait cessé de pleurer.

— Je suis vraiment désolée d'avoir fait pleurer votre petite-fille.

— Il ne vaut rien, répondit la vieille dame en repliant le mouchoir en papier.

Il fallut à Misa quelques instants pour comprendre ce qu'elle venait de lui dire. Elle fut choquée de réaliser que quelqu'un qui ne le connaissait pas pût penser cela du garçon avec qui elle sortait.

— Et si vous disiez stop ? Parce que vous allez souffrir.

Après avoir déclaré cela sur le même ton péremptoire, la grand-mère prit la main de sa petite-fille et se dirigea vers la sortie qui menait au quartier résidentiel. Sans rien ajouter.

Misa les suivit des yeux jusqu'à ce qu'elles disparaissent et alla s'asseoir, les jambes flageolantes, sur un des bancs du quai.

Pourquoi est-ce que je fréquente ce mec ?

Qui s'emportait pour des bêtises et n'hésitait pas à la houspiller en public s'il était en colère, et à la frapper au point de la blesser s'ils étaient seuls tous les deux.

C'était lui qui lui avait adressé la parole la première fois. Katsuya était plutôt beau gosse et elle avait été flattée qu'il le fasse. Elle avait accepté d'aller boire un café avec lui.

En parlant, ils s'étaient rendu compte qu'ils vivaient le long de la même ligne, étudiaient dans des universités proches l'une de l'autre, étaient tous deux originaires de l'ouest du Japon, mais avaient pris une chambre car leurs parents habitaient trop loin.

Ils avaient échangé leurs numéros de téléphone, et dormaient l'un chez l'autre à peine un mois plus tard.

Tout était allé très (trop ?) vite, mais au début, Katsuya était gentil avec elle.

À quel moment les choses avaient-elles changé ?

Misa avait pris l'habitude de faire le ménage chez lui. L'idée de vivre ensemble lui plaisait car elle était fatiguée de s'occuper de chez lui et de chez elle.

En fait, en moins d'un an, je l'ai laissé faire de moi sa bonniche.

Elle aimait lui faire plaisir. Mais il en avait vite pris l'habitude et avait fini par s'y attendre. Lorsque son appartement était sale et mal rangé, que la lessive s'accumulait, il lui téléphonait pour lui annoncer qu'il n'avait plus qu'un seul slip propre.

Au début, quand elle lui disait qu'elle n'était pas sa femme de ménage et que c'était à lui de s'en occuper, il l'écoutait avec une expression contrite, mais cela n'avait pas duré. Il se mettait à bouder. Leurs disputes interminables avaient débuté à la même époque, et elle s'était résignée à venir faire le ménage chez lui une fois par semaine plutôt que de supporter ces querelles qui n'en finissaient pas.

D'où son désir de chercher un appartement où ils vivraient ensemble.

Le dévouement de Misa ne la protégeait pas pour autant de ses colères, comme le montrait ce qui venait de se passer. Elle ne voulait pas se dire dévouée, mais cela l'irritait de voir qu'il ne lui en savait nullement gré.

En plus…

Alors qu'ils ne vivaient même pas ensemble, il la frappait parfois quand ils se disputaient. Si elle s'installait avec ce garçon dénué de discernement… elle n'aurait plus d'endroit où se réfugier.

Je vais rentrer chez moi.

Elle se leva du banc et alla attendre le prochain train.

D'ordinaire, elle aurait cherché à l'appeler, lui aurait envoyé message sur message pour s'excuser, et serait peut-être restée dans cette gare à guetter son retour.

Tout bien considéré, en valait-il vraiment la peine ?

De plus…

Ma mère serait chagrinée si elle découvrait que mon copain me frappe.

Elle venait de prendre conscience d'une chose qui ne lui avait jamais effleuré l'esprit. Sa conduite ne pouvait qu'attrister sa mère. Et son père, et ses amis.

Le conseil de bon sens prodigué par cette vieille dame avait ramené Misa à la raison en à peine quelques minutes. Elle était elle-même étonnée d'avoir si vite perdu le désir de se cramponner à lui.

Il ne reviendrait pas de l'hippodrome avant une heure ou deux. Elle avait le double de ses clés et aurait le temps d'aller récupérer les affaires qu'elle avait là-bas. Hier, il était exceptionnellement venu dormir chez elle, mais ce serait la dernière fois. Elle lui enverrait par coursier les quelques objets qu'il avait chez elle.

Il n'était probablement pas prêt à la rupture, mais elle était résolue à ne pas revenir en arrière. Elle résisterait, coûte que coûte. Elle venait plus souvent chez lui que le contraire, et il n'avait heureusement pas la clé de chez elle. Ses amis l'aideraient si elle en avait besoin et elle pourrait, si nécessaire, aller voir la police.

Le moment était venu de rédiger le dernier SMS.

Elle y réfléchit quelques instants avant d'écrire :

Je n'en peux plus. Adieu.

Elle le sauvegarda pour l'envoyer une fois qu'elle serait revenue chez elle et monta dans le train qui venait d'arriver.

KŌTŌ'EN

Misa, qui n'avait pas encore envoyé son message, une arme dont elle comptait bien se servir, se laissait bercer par le train.

Elle aurait pu s'asseoir, car il y avait des places libres, mais rester debout lui convenait pour l'instant.

"Il ne vaut rien. Et si vous disiez stop ? Parce que vous allez souffrir."

En moins d'un an, je l'ai laissé faire de moi sa bonniche.

Si je m'étais installée avec ce garçon dénué de discernement…

Ma mère serait attristée de savoir que je fréquente un garçon qui me frappe, c'est sûr.

Le message de rupture qui exprimait sa prise de conscience tourmentait Misa.

Elle comptait profiter de son absence pour aller récupérer ses affaires chez lui et rentrer ensuite chez elle, mais…

Quand il est de bonne humeur, il est gentil, et il a du charme.

Il me plaît beaucoup… et…

Toutes ses copines le trouvaient beau et le lui enviaient.

Du moins le lui disaient-elles quand elle leur montrait des photos d'eux ensemble. Cela la flattait, et elle avait du mal à accepter l'idée de perdre ce plaisir.

Elle s'en voulait aussi d'être troublée par cette perspective.

Tandis qu'elle regardait le paysage sans le voir, le train arriva dans la gare suivante.

Kōtō'en est fréquentée par de nombreux étudiants, car elle dessert l'université privée la plus connue de l'ouest du Japon.

Ces étudiantes qui portaient des crosses de lacrosse partaient-elles pour un match ? Plongé dans un épais manuel, un étudiant à l'apparence un peu punk secouait la tête au rythme de la musique de ses écouteurs.

Le niveau de cette université privée était de loin supérieur à celles de Misa ou de Katsuya.

Un groupe de lycéennes en uniforme – peut-être avaient-elles cours le samedi – monta dans le wagon en gazouillant gaiement. Comme si elles n'étaient nullement préoccupées par leur avenir.

Moi aussi, j'étais comme elles il y a quelques années, pensa Misa, jalouse de leur légèreté et leurs éclats de rire.

Une partie d'entre elles s'assirent près d'elle. Les autres restèrent debout. Elles se lancèrent immédiatement dans une conversation animée.

— Alors comme ça, Etchan, ton copain est super-vieux ?

Misa se demanda ce que "super vieux" pouvait signifier dans la bouche de celle qui avait parlé.

— Mais non, répondit Etchan, qui paraissait plus posée que ses camarades. Il travaille depuis qu'il a fini la fac, il y a un peu plus d'un an, c'est tout ! Il est de mars, et il a juste cinq ans de plus que moi.

"Juste cinq ans de plus que moi"... Cette Etchan était décidément plus adulte que ses camarades.

— Ah bon... Moi, je ne pourrais pas m'imaginer sortir avec un mec qui travaille. Un étudiant, ça serait déjà difficile, alors...

— Quand même, on est en terminale... L'année prochaine, on sera en fac, tu sais !

— C'est vrai. Et ça te plaît de sortir avec un mec qui travaille ?

— Euh... répondit Etchan, perplexe. J'ai l'impression que vous vous faites toutes des idées. Des idiots, il y en a même chez les gens qui travaillent. Comme mon copain, par exemple !

— Comment ça ? fit une autre fille, à qui cette réponse semblait déplaire. Un mec plus vieux, il sait forcément des tas de choses et on peut compter sur lui, non ?

Elle, elle rêve de sortir avec un garçon plus âgé qu'elle, se dit Misa, qui n'était pourtant pas tout à fait adulte.

— Pas du tout ! En tout cas, pas sur mon copain ! Il vient juste de prendre un appartement, et l'autre soir, très tard, il m'a appelée au secours.

— Hein ? Mais pourquoi ?

Etchan s'y entendait pour tenir en haleine son public. Elle avait su captiver l'attention de ses camarades, et de Misa.

Quelle situation avait poussé ce jeune adulte à appeler la lycéenne au secours en pleine nuit ?

— Je lui ai demandé ce qui se passait. Il n'arrivait pas à repasser.

Toute l'assistance, qui s'était imaginé un épisode dramatique, éclata de rire. Aucune ne se préoccupa des regards outrés que quelques passagers leur jetèrent. Elles ne les remarquèrent même pas. Misa elle-même se retenait de rire.

— Moi, ma mère repasse toutes mes affaires et la seule fois que j'ai repassé, c'était au collège, au cours d'enseignement ménager. Et en plus, il ne m'a pas dit ce qu'il voulait repasser. Il voulait savoir quelle température utiliser et ce que signifiait "vapeur". Comment aurais-je pu le lui dire ? Il parlait trop vite !

— C'est vrai, ça !

— Donc je lui ai demandé ce qu'il repassait. "Une chemise." Mais des chemises, il y en a de plusieurs sortes. Je suis allée chercher mon manuel d'enseignement ménager, je l'ai consulté et je lui ai demandé en quoi était sa chemise. "Comment je pourrais le savoir ?" qu'il a répondu. Je lui ai dit de regarder l'étiquette. Sa réponse : "Quelle étiquette ?"

Les lycéennes pouffèrent. Misa riait sous cape. Les regards des autres passagers se firent encore plus réprobateurs. Ils feraient mieux d'écouter et de rire aussi, pensa-t-elle.

— Je ne me suis pas énervée, ça n'aurait servi à rien, et je lui ai demandé de regarder le petit bout de tissu qui devait se trouver près du col ou sous les manches. Grâce à mes explications, il l'a trouvée, mais…

Et alors… vite, la suite !

Etchan surprit à nouveau Misa.

— Il m'a dit qu'il ne savait pas lire le caractère. C'est incroyable, non ? Pourtant il a fait des études et travaille dans une grande société.

— Quel idiot !

Ses camarades s'esclaffèrent de plus belle, sans prêter attention à leur entourage, d'un rire si contagieux qu'il gagna Misa.

— Donc…

L'histoire ne s'arrêtait pas là.

— Je lui ai demandé de me le décrire. "D'abord il y a celui du fil", qu'il a dit.

— Il parlait de la clé, c'est ça?

— À quoi bon donner la clé?

Les lycéennes étaient pliées en deux.

— Je sais bien qu'il n'est pas doué, alors je me suis montrée patiente et je lui ai demandé de me décrire ce qu'il y avait à côté. Il a répondu que c'était la lune.

— Donc c'était le caractère de soie*.

— Et il a oublié de mentionner la bouche au-dessus!

Une histoire à rebondissements, se dit Misa, qui se cachait la bouche de la main pour dissimuler son hilarité.

— J'ai consulté à nouveau le manuel, et il a réussi à repasser. Quand même, il est nul, non?

Pour être nul, il l'est, se dit Misa. Incroyable que quelqu'un déjà entré dans la vie active le soit à ce point.

— Et tu lui as dit comment se lisait le caractère ?

Etchan répondit d'un hochement de tête à la question posée par une de ses camarades.

— Quand je le lui ai appris, il était tout étonné. Étonné, vous vous rendez compte!

— Tu crois qu'il sait lire le caractère de "coton", ton copain?

* Le caractère de soie a pour clé (la partie gauche) le caractère de fil, et à droite celui de la lune surmonté d'une bouche.

— En tout cas, je ne le crois pas capable de décrire la partie droite du caractère.

Le flegme d'Etchan arracha de nouveaux rires à ses camarades.

— Après, je lui ai dit qu'il ferait mieux de se remettre à étudier les caractères. Parce que même si aujourd'hui on écrit tout sur clavier, son ignorance le mettra tôt ou tard dans l'embarras. J'en revenais pas de lui recommander ça ! Mais il m'a tout de suite dit que c'était une bonne idée et qu'il allait s'acheter un cahier d'exercices. J'ai envie de l'inscrire à un examen de caractères, pour être sûr qu'il travaille.

La sévérité de la lycéenne amusa Misa qui se demandait quel adulte laisserait une lycéenne lui parler ainsi.

— Tu l'as rencontré comment ?

— Je ne veux pas vous le dire.

Les camarades d'Etchan n'étaient pas prêtes à se contenter de cette réponse.

— Tu ne nous l'as jamais raconté, on aimerait tellement le savoir !

— Oui, s'il te plaît !

Etchan se taisait, mais elle finit par céder à leurs instances, après leur avoir demandé de ne pas se moquer d'elle.

— Il m'a abordée. À Tsukaguchi.

— À Tsukaguchi ? Vraiment ? s'écrièrent d'une seule voix les lycéennes, qui tinrent cependant leur promesse de ne pas rire.

C'était le lieu de la rencontre qui leur paraissait incroyable. Tsukaguchi est une assez grande gare en face de laquelle se trouve un vaste centre commercial qui n'abrite que des supermarchés bas de gamme, fréquentés essentiellement par des ménagères. Les lycéennes et les étudiantes de la région n'y vont que lorsqu'elles ont oublié d'acheter quelque chose, car elles préfèrent faire leur shopping à Osaka ou à Kobe. À Tsukaguchi, on ne risque de se faire aborder que pour un sondage ou un don du sang.

— Oui, j'y étais passée en revenant du lycée, parce que l'anniversaire de mon père approchait. Je me suis dit que je lui trouverais quelque chose là-bas.

— T'aurais pu aller au Muji de Nishi-nord.

Sa camarade faisait référence à la gare de Nishinomiya-nord, le terminus de la ligne Imazu sur laquelle elles se trouvaient.

— Et pourquoi je serais allée à Muji acheter un cadeau à mon père ? Muji, c'est cher. Il est de février, et les trucs d'hiver, ça coûte toujours plus que ceux d'été. Et comme je n'avais que 1 000 yens à lui consacrer…

— Dans ce cas, Tsukaguchi était le bon choix.

Ces lycéennes étaient impitoyables en matière de cadeaux.

— N'est-ce pas ? Je lui ai trouvé une écharpe en solde à 1 000 yens que j'aurais payée 3 000 chez Muji. Je l'ai fait emballer, je suis revenue à la gare, et soudain j'ai entendu une voix derrière moi me demander si je ne voulais pas me laisser offrir un café.

Ça me rappelle Katsuya, se dit Misa en espérant qu'Etchan n'avait pas remarqué qu'elle était tout ouïe.

— Je me suis retournée, il a vu mon uniforme de lycéenne et il a eu l'air affolé. Quand il m'avait croisée, il n'avait regardé que mon visage, et de dos mon manteau cachait mon uniforme. Aussi sec, il m'a demandé si je croyais que ça serait vu comme une relation tarifée avec une mineure si on buvait un verre ensemble. Je lui ai répondu que j'en savais rien.

— Autrement dit, il s'est conduit comme un idiot dès le début, osa une de ses camarades.

— Je lui ai dit que si les policiers devaient arrêter tous les adultes qui invitent des jeunes filles à boire un café, ils ne sauraient plus où donner de la tête. Il m'a répondu que dans ce cas, on n'avait qu'à se trouver un café.

— Quand on a un travail, on peut se permettre autre chose que McDo !

Ce commentaire plein de bon sens d'une autre lycéenne fit sourire Misa. Offrir un gâteau et un café à une fille coûte moins de 1 000 yens. Mais c'était déjà une somme pour Etchan, qui prévoyait de dépenser autant pour l'anniversaire de son père. Ses camarades étaient visiblement impressionnées par les moyens à la disposition d'un salarié qui pouvait se permettre une telle folie.

— Et alors… dit en baissant la voix une autre des camarades d'Etchan.

Misa tendit à nouveau l'oreille.

— Tu l'as fait ?

Misa esquissa un sourire en se disant qu'à cet âge-là, c'est une question importante.

— Pas encore, répondit tout net Etchan. Parce qu'il ne veut pas risquer des ennuis pour m'avoir corrompue.

— Oui mais, pour ça, il faudrait qu'il te paye, non ? Ça serait de la prostitution !

— Comme il est idiot, il ne s'en rend pas compte ! conclut Etchan en souriant de toutes ses dents. Il n'arrête pas de me demander de me dépêcher de devenir majeure.

— Comme si tu y pouvais quelque chose ! s'exclama une autre lycéenne.

L'ami d'Etchan n'imaginait certainement pas que ses actions, ou plutôt son inaction, suscitaient tant de commentaires.

— Et il n'a jamais essayé quand même ?

— S'il le faisait, je romprais.

Entendre cela fit mal à Misa. Mais Etchan n'en resta pas là.

— Honnêtement, ça me fait un peu peur. Je l'aime, mais je n'ai pas envie de faire quelque chose que je ne veux pas faire. Il savait que j'étais lycéenne quand on a commencé à sortir ensemble, et s'il m'aime, il attendra que je sois étudiante. Et il sait aussi que ce qui compte pour moi cette année, c'est de réussir mon examen d'entrée en fac.

S'il s'était agi de Katsuya et moi…

Misa pensa à son ami, qu'elle n'était pas encore entièrement sûre de vouloir quitter.

Si elle lui avait fait remarquer qu'il s'était trompé sur la lecture d'un caractère, il aurait pris la mouche et ils se seraient disputés (le risque qu'il la frappe était particulièrement élevé quand elle savait quelque chose qu'il ignorait). S'ils s'étaient rencontrés à l'âge qu'avait Etchan, elle aurait fini par accepter, car il n'aurait pas manqué de se fâcher en lui disant que si elle ne voulait pas, cela signifiait qu'elle ne l'aimait pas.

Elle ne lui avait jamais rien refusé. Parce que si elle le faisait, il se mettait en colère. Elle le savait et ne lui disait jamais non.

De peur qu'il l'accuse de ne pas l'aimer.

Elle se demanda s'il avait jamais pensé à ses sentiments à elle.

Lui était-il jamais arrivé, quand elle avait osé refuser quelque chose, de ne pas insister car il savait qu'il lui avait fallu beaucoup de courage pour s'opposer à sa volonté ?

Aimer, cela veut dire ne pas faire ce que l'autre ne veut pas.

Le copain d'Etchan était quelqu'un de valeur, parce qu'il acceptait que la lycéenne le voie incapable de repasser ou de lire le caractère de "soie".

Rien qu'à écouter cette jeune fille croisée par hasard dans le train parler de son ami, elle comprenait que l'adolescente était heureuse avec lui.

Je suis plus vieille qu'elle, mais je me suis laissé manipuler par l'apparence et l'attitude d'un autre. Etchan a bien plus de discernement que moi.

Sa volonté de rompre prit à nouveau le dessus.

Une lycéenne plus jeune qu'elle vivait un amour de bien meilleure qualité.

Misa ne s'était pas encore habituée à son malheur au point de ne pas lui envier cela, et elle avait conservé un peu d'orgueil.

MONDO YAKUJIN

La gare de Mondo Yakujin est l'avant-dernière de la ligne, et la plus proche du temple du même nom. Autour du nouvel an, elle connaît une forte hausse de fréquentation et des trains supplémentaires sont mis en place. Le 31 décembre, elle est desservie toute la nuit*. Situé sur une petite colline sur les pentes de laquelle de nombreux champs sont encore cultivés, le temple conserve l'ambiance désuète du Japon d'autrefois. La population locale en est fière – du moins c'est ce qu'avait dit à Kei'ichi un ami originaire du coin.

Et je n'ai pas encore fait l'effort d'y aller, se dit celui-ci. Les lycéennes de son wagon étaient tellement bruyantes qu'il n'arrivait à réfléchir à rien. Certains passagers ne cachaient pas leur agacement, mais il n'était pas du genre à s'irriter pour si peu, même s'il entendait leurs voix malgré ses écouteurs et comprenait que cela pût être désagréable.

Étudiant en première année, il conservait de la sympathie pour cet âge où l'on aime montrer qu'on s'amuse avec ses camarades.

* Au Japon, la coutume est de faire une visite au temple ou au sanctuaire sitôt la nouvelle année commencée, et donc après minuit dans la nuit du 31 décembre au 1er janvier.

Comme tous les samedis, de nombreux passagers montèrent à cet arrêt – le temple attire beaucoup de visiteurs le week-end.

Leur arrivée propulsa contre lui une jeune fille aux cheveux courts qui s'appuyait jusque-là à la porte. Elle leva la tête vers lui pour s'en excuser, peut-être inquiète de son look un peu punk.

Il reconnut dans le cabas qu'elle portait à l'épaule un des manuels qu'il avait lui-même dans son sac à dos, celui d'un cours obligatoire de première année dans son université. Rédigé par le professeur qui l'assurait, il coûtait cher et les étudiants murmuraient que cet ouvrage lui rapportait beaucoup.

La matière étant obligatoire, ils devaient l'acheter : une sorte de vente forcée qui valait à ce professeur leur ressentiment.

Il n'avait pas le souvenir d'avoir déjà vu sa voisine, qui devait pourtant être en première année comme lui. Vêtue sobrement, en pantalon, elle n'était pas voyante. Les filles qui l'étaient faisaient penser à des papillons virevoltant en tous sens.

Comme les nouveaux arrivants s'étaient enfoncés dans le wagon, il y avait un peu plus de place devant les portes et la jeune fille s'écarta un peu de lui. Il se demanda s'il lui faisait peur et en fut presque blessé. Elle regardait dehors, les genoux légèrement fléchis.

Il se pencha en avant pour voir ce qui attirait son attention – à cause du manuel, il se sentait une proximité avec elle.

Elle se retourna vers lui, surprise. C'était compréhensible : elle avait soudain senti sa présence au-dessus d'elle.

— Pardon. Je me demandais ce que vous regardiez, s'excusa Kei'ichi, confronté à un visage soupçonneux.

Comprenant que cela ne suffisait pas à dissiper sa méfiance, il lui montra son manuel. Il n'eut pas besoin d'en dire plus. L'expression de la jeune fille se détendit et elle lui adressa un sourire timide. Pour la première fois depuis qu'il se l'était procuré, il ressentit de la gratitude pour ce livre acheté à contrecœur.

Elle se poussa pour le laisser s'approcher de la fenêtre et montra quelque chose du doigt.

— Je crois qu'il y a eu un accident là-bas.

Il n'entendit dans sa voix aucune intonation du Kansai, mais une trace d'accent de Kyushu. Elle n'était pas non plus d'ici. Peut-être avait-elle remarqué qu'il parlait avec celui de la région de Hiroshima.

Il regarda dans la direction qu'elle pointait et aperçut au loin cinq hélicoptères qui volaient en formation dans le ciel quasi estival.

— Vous vous trompez, dit-il sans y réfléchir. Ce sont des hélicoptères des Forces d'autodéfense. Des hélicoptères civils seraient incapables de voler en formation comme ceux-là. Ils sont tous à la même altitude, comme s'ils étaient sur une planche, n'est-ce pas ? Et ils maintiennent un écart fixe entre eux, non ? Il y a une base à Itami, et on en voit parfois par ici. Ceux-là font un exercice, mais je n'en sais pas plus.

Il se rendit compte que la fille le regardait en écarquillant les yeux.

J'ai été trop loquace, se dit-il. Cela lui rappela de mauvais souvenirs.

Au lycée, les filles se moquaient de sa passion pour tout ce qui se rapportait à l'armée. Les membres du club de musique auquel il appartenait avaient du succès avec elles, sauf lui, qui avait été affublé du surnom de “geek de l’armée”. L’enthousiasme avec lequel il avait répondu aux questions que certaines lui avaient posées sur son sujet de prédilection lui avait valu leurs railleries.

On le lui avait rapporté et il en avait été blessé. D’autant plus que, selon ces sources, l’une d’elles avait ajouté que c’était dommage, parce que sinon…

Il serra les dents en pensant à la promesse qu’il s’était faite de se débarrasser de cette réputation embarrassante.

— Je suis impressionnée !

Elle paraissait sincère, mais il ne la crut pas, à cause de ses mauvais souvenirs.

— C’est gentil de dire ça, mais je suis sûr que vous me prenez pour un geek de l’armée.

— Un geek de l’armée ? Comment ça ?

Sa question inattendue le troubla.

— Euh… Un geek qui se passionne pour les armes et tout ce qui est militaire. En gros.

— Ah ! Je comprends mieux. Un peu comme un geek des trains, qui peut tous les différencier et les reconnaît tous ? Quelqu’un qui sait les horaires par cœur et qui prend des photos de locomotives avec de gros appareils ?

J’ai jamais eu de téléobjectif, moi, pensa-t-il. Elle ignorait sans doute ce que c’était et n’avait probablement jamais entendu parler de focale.

— Vous reconnaissez tous les hélicoptères ?

— De si loin, je ne peux pas vraiment. Mais je pense que ce sont des UH1J…

— Je n’en reviens pas que vous sachiez tout ça ! lâcha-t-elle en suivant des yeux le groupe d’hélicoptères à présent presque invisibles. J’ai vraiment vu quelque chose d’extraordinaire aujourd’hui !

Elle en avait l'air sincèrement ravie, et cela contribua à chasser les dernières craintes de Kei'ichi.

— Les hélicoptères, c'est extraordinaire ?

Même s'il savait qu'ils étaient tous les deux en première année dans la même université, il trouvait quelque part incroyable de pouvoir lui parler sans méfiance.

— Eh bien… commença-t-elle en penchant la tête.

Elle la releva pour le regarder. Les hélicoptères avaient disparu.

— Découvrir des choses qu'on ne connaît pas, c'est agréable, non ? C'est pour ça que je m'arrange toujours pour regarder dehors quand je prends le train. Et le meilleur endroit, c'est près des portes.

Elle ne s'était pas laissé emporter par le flot de passagers montés à Mondo Yakujin et s'était retrouvée collée contre lui pour cette raison. Comme elle n'était pas grande, elle ne gênait ni la descente ni la montée.

— Des hélicoptères des Forces d'autodéfense, j'en avais vu à la télé, mais jamais en vrai. En plus, ils volaient en formation. C'est ce que j'ai vu de mieux aujourd'hui.

— On peut se tutoyer, non ? On est tous les deux en première année.

Elle répondit par un "oui" un peu gêné. Elle non plus ne devait pas être habituée à parler aux garçons.

— Je m'appelle Kosaka Kei'ichi. Et toi ?

Cette question banale la fit fugitivement froncer les sourcils. S'était-il trompé en pensant que leur conversation était plaisante ? Elle est peut-être aimable avec tout le monde, pensa-t-il.

— Tu me trouves lourd ? Pardon.

Elle plongea la main dans son sac et sortit son étui à cartes. Elle lui montra sa carte d'étudiante en le regardant par en dessous.

Gondawara Miharu, lut-il.

Il faillit éclater de rire mais réussit de justesse à se retenir. Ce n'était pas un nom facile à porter et elle en souffrait probablement. De la même manière que Kei'ichi n'aimait pas l'étiquette de geek de l'armée.

— Ton nom, on l'imagine plutôt pour un garçon, ou un général de l'époque Sengoku, quand les clans de guerriers se battaient sans cesse les uns contre les autres.

Il espéra qu'elle n'avait pas remarqué à quel point il avait été proche de s'esclaffer, sans savoir comment elle réagirait à ce commentaire.

— Mon nom fait toujours rire. On m'a toujours surnommée "Gonchan*", même à l'université. Tout le monde se met à rigoler quand je me présente.

Même si ces rires n'étaient pas mal intentionnés (il avait de justesse évité ce péril), elle en souffrait. Tout en riant avec les autres.

— Je m'étais promis de m'arranger pour que tout le monde m'appelle Miharu à l'université. Mais ça n'a pas marché, expliqua-t-elle en remettant sa carte dans l'étui.

Afin de faire disparaître la crispation entre eux, il décida de lui faire un aveu.

— Et moi, j'avais décidé de cacher à tout le monde mon intérêt pour l'armée. Au lycée, les filles se moquaient de moi pour ça. Mais je n'y suis pas arrivé, puisque tu le sais maintenant.

* Gon, nom du héros du manga *Hunter × Hunter*.

— Tu peux être sûr que je n'en parlerai à personne, ne t'en fais pas.

Cette fois-ci, elle l'avait tutoyé.

— Oui, mais je suis sûr que tu ne t'attendais pas à toutes ces explications. Quand je commence, je n'arrive pas à m'arrêter, parce que je suis un vrai geek…

— Mon problème à moi, ce n'est pas d'arriver à m'arrêter, tu sais !

Qu'elle est mignonne… pensa-t-il en la voyant serrer les lèvres.

— En plus, ce n'est qu'en me mariant que je pourrai changer de nom.

— Tu as raison. Pardon de nous avoir mis sur le même plan.

— Je ne t'en veux pas du tout. C'est moi qui dois te demander pardon.

Il y eut un silence. Kei'ichi décida d'y mettre fin.

— Et aujourd'hui, à part les hélicos, tu as vu quoi de spécial ?

— Trois barzoïs ! répliqua-t-elle. Depuis le train, ce matin. Promenés par un couple âgé.

Il en déduisit qu'elle avait eu cours ce matin. Il ne l'avait jamais vue au seul cours obligatoire qu'il avait le samedi matin, elle suivait donc des cours optionnels. C'était une étudiante sérieuse, comme il l'avait déjà deviné. Il regretta de ne pas faire partie du même groupe de première année qu'elle.

— Les barzoïs, ce sont ces grands chiens aux longues pattes ?

— Oui. Un seul, déjà, ça se remarque, mais trois ! Quelle distinction !

Ces chiens coûtaient cher et il fallait être riche pour en avoir trois. Il décida de garder pour lui cette réflexion, de crainte qu'elle ne méprise son matérialisme.

Il ne voulait surtout pas refroidir son enthousiasme.

— La ligne Imazu est bien, du moins pour ce que j'en connais. Je voudrais la prendre un jour jusqu'à son terminus de Takarazuka. Mais seulement si j'ai quelque chose à y faire.

— Tu n'aimes pas ce qu'il y a après Nishi-nord ?

La ligne Imazu a une structure un peu particulière : pour arriver au terminus d'Imazu, il faut changer de train à Nishi-nord, en montant à l'étage supérieur de cette gare. Kei'ichi ne l'avait jamais fait.

— Ce n'est pas ce que je veux dire. J'habite chez mon oncle et ma tante, près de la gare Hanshin Kokudō. C'est pratique parce que je peux aussi prendre les lignes JR, et une correspondance sur les lignes Hanshin si je vais jusqu'à Imazu. Et puis il y a des commerces près de la gare, on trouve de tout. Mais quand on change à Nishi-nord, la ligne est surélevée, et on voit moins bien ce qu'il y a dehors que quand on roule au niveau du sol.

Il lui fit remarquer qu'elle s'exprimait comme une adulte avec lui.

— Écoute, ne le prends pas mal, mais les garçons se sont toujours moqués de moi à cause de mon nom, et je n'ai pas l'habitude de parler avec eux. Et surtout pas avec quelqu'un d'aussi stylé que toi.

Elle me trouve stylé…

— Tu es la première personne à me dire ça. Depuis le collège, j'ai toujours été le geek de l'armée. Je n'ai jamais eu de copine !

— Tu veux dire que j'ai des goûts bizarres ?

— Ce n'est pas gentil de dire ça !

— Pardon, pardon ! Moi non plus, je n'ai jamais eu de petit copain !

Elle est marrante. Et mignonne. On se comprend.

Il avait ôté ses écouteurs. La conversation de Gon-chan était plus agréable que la musique.

— Tu n'es pas du Kansai, n'est-ce pas ? Moi non plus. Je viens de Nagasaki. Et toi ?

C'était la première question personnelle qu'elle lui posait. Pouvait-il en conclure qu'elle aussi trouvait leur conversation agréable ?

— De Hiroshima. Je loue un studio à quelques minutes à vélo de Nishi-nord.

Il se demanda s'il n'en avait pas trop dit, mais elle lui avait déjà appris l'endroit où elle habitait.

— C'est un quartier cher, non ?

— Je m'y suis pris tard pour trouver un logement. Mon studio est à une dizaine de minutes à vélo, dans la direction de la rivière Mukogawa, c'est moins cher là-bas.

Cette rivière est la première que le train pour Umeda franchit quand on le prend à Nishi-nord. Les habitants de la région considèrent ses rives comme un peu difficiles d'accès, mais ce n'est pas le cas d'un étudiant venu d'une ville de province où le vélo est le moyen de transport de base.

— Ça ne doit pas être loin de là où j'habite.

Elle aussi avait probablement l'habitude de se déplacer à bicyclette.

— Je peux faire mes courses près de la gare, et il y a aussi un supermarché près de chez moi.

— Tu fais la cuisine ?

— Je ne suis pas assez riche pour m'acheter des plats préparés tous les jours. Je lis des magazines de cuisine dans les supérettes, et ça me donne des idées pour cuisiner des choses pas chères. Mais je ne réussis pas tout !

— Moi, je me laisse nourrir par ma tante !

Le train franchit le passage à niveau juste avant la gare. Comme les portes s'y ouvrent des deux côtés, les passagers se divisent en deux.

Tout en la protégeant comme il le pouvait, il attendit leur ouverture.

Le train avait atteint le terminus, qui n'en était pas vraiment un, de la ligne Imazu.

NISHINOMIYA-KITAGUCHI (OU NISHI-NORD)

Cette gare est un carrefour important pour la compagnie Hankyū.

Elle compte quatre quais, où passent des trains en direction de Sannomiya, c'est-à-dire le centre de Kobe, Umeda, au cœur d'Osaka, Hanshin Kokudō et Imazu, le véritable terminus de la ligne du même nom, et enfin Takarazuka, à l'autre bout de cette ligne. À leur descente de train, les passagers montent dans le hall de la gare pour en sortir s'ils ne vont pas plus loin ou prendre une autre ligne. S'ils vont vers Umeda, ils peuvent changer à la gare de Jūsō pour une correspondance pour Kyoto ou d'autres destinations au nord de l'agglomération Osaka-Kobe.

Dans ce hall, ils pressent tous le pas, qu'ils voyagent seuls, avec des petits amis ou des amis tout court, en famille, pour le travail ou pour le plaisir.

Ils sont les seuls à savoir ce à quoi ils pensent en le traversant.

Bien qu'elle ne soit pas vraiment pressée, Shōko fut une des premières à descendre du train, sous la pression des autres passagers.

Elle marchait vers l'escalier qui conduit au grand hall lorsque quelqu'un la bouscula vivement. Parce qu'elle était encore chaussée de ses talons aiguilles, elle perdit l'équilibre et le paquet de l'hôtel qu'elle avait à la main fut projeté sur le sol. Il y eut un bruit de bris.

— Vous pourriez quand même faire attention ! s'écria-t-elle à l'intention de l'homme en complet-veston qui l'avait bousculée.

— Désolé, répondit-il sans s'arrêter.

Loin de revenir en arrière pour l'aider à se relever, il continua en heurtant d'autres personnes au passage, ce qui lui valut d'autres commentaires réprobateurs.

Aucun des autres voyageurs ne fit un geste en direction de Shōko, qui n'en fut pas vraiment étonnée. Même si sa promenade aux environs de la gare d'Obayashi l'avait rassérénée, le mariage de son ex avec la femme qui l'avait séduit lui portait la poisse.

Elle se demanda si c'était le prix à payer pour la vengeance à laquelle elle s'était livrée en s'imposant à leur mariage. Que les mariés fussent frappés par le sort lui aurait semblé plus juste.

Elle se releva et constata qu'elle avait une ecchymose au genou.

— Ça va ? Il exagérait, celui-là !

Elle vit d'abord un bras lui tendre le sac de l'hôtel. Celui d'une des lycéennes attroupées autour d'elle. Elle reconnut le groupe qui s'était attiré la réprobation des autres passagers pour sa gaieté et ses rires.

— Quel vieux nul ! Faire tomber une femme et continuer comme si de rien n'était !

Une autre tira la langue dans la direction où il avait disparu.

Aucun des adultes qui leur jetaient des regards noirs dans le train n'avait eu un geste pour elle. Les adolescentes, elles, s'étaient arrêtées et avaient ramassé son sac.

Shōko pensa que l'on pouvait se tromper sur la nature des gens qu'on voyait, tout en admettant pour elle-même qu'elle les avait trouvées trop bruyantes.

— J'ai l'impression qu'il y a quelque chose qui s'est cassé, ajouta la jeune fille en le lui tendant.

— Vous voulez aller le signaler aux employés de la gare ? demanda une autre.

— Non, ce n'est pas la peine. Et surtout, merci, répondit Shōko en le prenant avec un sourire. Ce n'est pas une grande perte pour moi, mais c'était gentil de le ramasser.

Le quai était presque vide. Les lycéennes aussi allaient quelque part. Elles la saluèrent et elle les regarda s'éloigner, avant de vérifier le contenu du sac.

Un papier où figurait le nom des deux familles était collé à l'emballage de la boîte qu'elle ouvrit. Les cinq gobelets en porcelaine étaient ornés d'une image qui reflétait le caractère sentimental de celle qui avait séduit son ex. Quel mauvais goût, se dit-elle.

À l'époque où Shōko et lui étaient fiancés, ils s'étaient moqués de ce genre d'objets dans les catalogues de cadeaux. Depuis, il avait changé.

Quatre des cinq gobelets s'étaient brisés dans sa chute. Rapporter chez elle le seul qui restait n'avait aucun sens. Elle les sortit tous de la boîte et les déposa dans la corbeille à déchets non recyclables, puis mit le papier et la boîte dans celle à cet usage.

Il ne lui restait rien de ce mariage, ni la robe qu'elle avait portée pour se venger, ni les cadeaux qui lui avaient été remis. Et c'était très bien comme ça.

Elle se remit en marche, décidée à rentrer chez elle.

Bien qu'elle ait beaucoup marché sur ses hauts talons, elle n'avait pas les jambes lourdes. Au contraire, elle se sentait légère. Mieux valait repartir tant qu'elle avait cette impression. Le chemin jusqu'à Ibaraki, où elle habitait, était encore long.

Elle était presque arrivée en bas de l'escalier qui mène au hall.

Puisque c'est décidé, je n'ai pas une minute à perdre.

Écouter les bavardages d'Etchan et de ses camarades avait dissipé les derniers doutes de Misa sur la rupture, et elle marchait d'un pas décidé vers le large escalier en se faufilant habilement dans la foule.

Les courses à l'hippodrome où se trouvait Katsuya finiraient bientôt. Elle devait faire vite pour passer dans son appartement avant qu'il n'y revienne.

La gare de Rokkō, où il habitait, était à cinq arrêts d'ici.

Elle y récupérerait ses affaires de toilette, les ustensiles de cuisine qu'elle avait achetés, et les quelques vêtements qu'elle avait là-bas. Tout ne tiendrait pas dans son sac à main, elle achèterait un sac de course au supermarché.

Soudain, elle entendit des protestations : "Attention !" "Mais ça ne va pas, non ?" Un homme qui n'était plus jeune fendait la foule sans se préoccuper des autres.

Cela lui permit d'éviter une collision avec lui.

Une fois dans l'escalier, elle repensa à Etchan et ses camarades. Elle se retourna dans l'espoir de les voir.

L'"histoire d'amour" racontée par la lycéenne avait achevé de la convaincre de rompre avec Katsuya, qui, comme le lui avait fait remarquer la vieille dame du train, ne valait rien. Leur compagnie lui manquait déjà.

Au même moment, elle reconnut les voix enjouées des lycéennes qui la dépassèrent.

— Tu vas prendre quoi, toi ?

— Une triple au caramel, ça va de soi ! Puisque c'est moitié prix aujourd'hui !

— Tu n'es pas au régime ?

— Je commence demain !

Misa comprit qu'elles parlaient du glacier du centre commercial de la gare. L'idée de profiter de l'offre spéciale la tenta, mais cela n'aurait pas été prudent. Elle n'avait pas envie de penser à ce qui se passerait si elle tombait sur Katsuya.

— Et tu vas lui offrir quoi pour son anniversaire, Etchan ?

— Je déciderai à Muji, après avoir mangé ma glace.

— Et c'est quoi, ton budget ?

— 3 000 yens !

Trois fois plus que pour son père, et un produit Muji, ce qu'elle avait d'emblée exclu pour ce dernier.

Misa se souvint d'une émission sur l'argent de poche des lycéennes qu'elle avait vue récemment. Les plus chanceuses recevaient 5 000 yens. Etchan devait avoir économisé longtemps pour mettre cette somme de côté. Quoi qu'elle en dise, elle était amoureuse de cet "idiot", comme elle l'appelait.

Je vais faire comme elle, pensa Misa en arrivant en haut de l'escalier. Les lycéennes avaient déjà disparu.

Je vais me trouver un copain avec qui je puisse être moi-même. Quelqu'un dont je n'ai pas à craindre qu'il se mette en colère si je lui apprends quelque chose qu'il ignore.

Elle remercia intérieurement Etchan.

Puis elle s'engagea dans l'escalier qui descendait au quai en direction de Kobe.

Les portes de droite du train qui venait d'arriver à Nishinomiya-kitaguchi s'ouvrirent avant celles de gauche. Les passagers qui allaient y monter faisaient en effet la queue sur ce quai-là.

Kei'ichi et Gonchan, qui avaient voyagé à côté des portes du côté droit, furent parmi les premiers à en descendre. De nouveau, il s'efforça de la protéger du flot de passagers pressés.

— Ta gare, c'est Hanshin Kokudō, n'est-ce pas ?

— Et toi, tu descends ici, non ?

Kei'ichi n'avait pas envie de la laisser partir. Il avait apprécié leur conversation et trouvait Gonchan mignonne et drôle.

Ils fréquentaient la même université mais n'avaient guère de chance de se croiser sur le campus par hasard. Il ignorait quels cours elle suivait et se connaissait assez pour savoir qu'il n'oserait pas l'aborder s'il la voyait en compagnie d'autres. Mieux valait battre le fer tant qu'il était chaud.

— Miharu !

Cela pouvait marcher ou échouer. Comme il s'y attendait, elle tourna vers lui un regard surpris.

— Tu m'as dit que tu voulais qu'on t'appelle comme ça à l'université, non ? Ça ne te convient pas ?

— Si, si, mais je suis surprise, c'est tout. Et contente. Et peut-être un peu gênée. Je ne m'y attendais pas.

Apparemment, c'était compliqué pour elle, mais elle n'était pas fâchée. Il avait bien fait d'oser.

— Ça te dirait de t'arrêter un peu ici ? Si tu as le temps ? J'ai découvert un truc un peu marrant non loin d'ici.

— J'ai le temps !

Acceptait-elle poussée par la curiosité, ou parce qu'elle aussi avait envie de prolonger leur rencontre ? C'était ce qu'aurait préféré Kei'ichi, qui espérait qu'elle lui donne son numéro de téléphone s'ils buvaient un café ensemble. Ils se dirigèrent ensemble vers la sortie.

— C'est ça, là-bas !

Ils étaient arrêtés sur la passerelle couverte qui va de la gare au centre commercial et Kei'ichi tendait le doigt vers un bâtiment blanc tout à fait ordinaire. Miharu se pencha en avant.

— Ça alors !

— Tu ne t'y attendais pas, hein ?

Un *torii*, c'est-à-dire un portique rouge de sanctuaire shintō, était visible sur ce toit banal.

— Pourquoi y en a-t-il un là ? Est-ce qu'il y a aussi un jardin ?

— Tout ce qu'on voit d'ici, c'est le garde-fou. S'il y en avait un, il y aurait de la verdure, non ?

— Je me demande si le propriétaire de ce bâtiment est un croyant fervent qui a décidé de transférer sur le toit de l'immeuble le sanctuaire qui se trouvait auparavant sur le terrain. Que j'aimerais en avoir le cœur net !

Elle le regarda, l'air préoccupé.

— Dis, tu ne veux pas qu'on aille demander ensemble un jour pourquoi il y a un *torii* là ? C'est tout près !

— Ton audace me surprend, Miharu !

Ce commentaire franc, légèrement désabusé, lui fit baisser la tête.

— Toute seule, je ne le ferais jamais, mais avec toi, je pense que j'oserais.

— Tu comptes sur moi, c'est ça ?

Elle courba la tête, comme pour s'excuser.

— On pourrait le faire, si ça te dit, ajouta-t-elle, dépitée.

Son attitude amusa Kei'ichi.

— Tu sais, moi, je suis timide et pas très courageux. Je ne pourrais peut-être pas faire plus que te suivre.

— Ça me va. Si je ne suis pas seule, j'oserai poser la question. Tu n'auras qu'à m'accompagner.

— D'accord. Un de ces jours. Et ce que tu as vu de mieux aujourd'hui, c'est quoi ?

Elle mit une main contre sa joue et finit par répondre à la question qu'il avait posée sans intention précise.

— J'hésite entre les hélicoptères et ce *torii*. Hum…

Elle semblait avoir du mal à se décider.

— Pour une fois, il y aura deux choses, reprit-elle. Les hélicoptères et le portique.

— Et pour me récompenser de t'avoir montré la seconde…

Il fit une pause. Les mots qu'il n'avait jamais dits à une fille hésitaient à sortir de sa bouche.

— Si je te proposais qu'on se donne nos numéros de téléphone, tu dirais quoi ?

Il la vit rougir. Elle chercha à le dissimuler en se cachant le visage des mains.

— Ah que je déteste rougir comme ça ! Pardon, je n'ai pas l'habitude d'être avec des garçons ! Je sais bien que ça ne veut pas dire grand-chose, mais je suis toute tendue. Tu veux qu'on soit copains, c'est ça ? Je le comprends ! Et je suis d'accord !

Allez, encore un effort ! Ce n'est pas le moment de reculer, pensa Kei'ichi.

— Ça peut être plus que copains, tu sais. D'ailleurs, ça m'irait mieux.

Elle se figea.

— Euh… Excuse-moi, mais tu veux dire quoi…

— Si tu voulais être ma copine, moi, je n'aurais rien contre. Ça serait ce que j'ai vécu de mieux aujourd'hui.

— Tu sais, jusqu'à présent, personne ne m'a jamais demandé mon numéro de téléphone dans les *speed-datings*, alors…

— Parce que ce n'est pas fait pour toi. Tu dois être tellement tendue que tu n'ouvres pas la bouche…

Il parlait d'expérience. La description correspondait à son attitude en de telles occasions.

— Nous sommes tous les deux novices en ce domaine, un autre point qui nous rapproche, non ? Nous n'avons jamais rien essayé. Et nous le savons.

Après plusieurs tentatives infructueuses, elle finit par lui dire, rouge comme une écrevisse, en le regardant droit dans les yeux :

— J'accepte avec plaisir ta proposition.

Quelque chose venait de débuter, même si ni lui ni elle ne savait exactement quoi.

— On serait mieux assis pour se donner nos numéros, non ?

— Dans ce cas, j'ai une idée ! Ma tante m'a dit que les *tako-yaki** du food court sont délicieux.

Cette fois-ci, il éclata de rire.

Rouge comme une écrevisse, elle avait envie de manger des boulettes au poulpe, un drôle de mélange entre l'eau douce et l'eau de mer.

— Ça ne te plaît pas ? Elle m'a dit qu'on pouvait boire de l'eau à volonté, et y prendre son temps.

* Boulettes au poulpe qui sont une spécialité d'Osaka.

Une précision qui sonna aux oreilles de Kei'ichi comme une recommandation de mère de famille et non de jeune fille, mais qui lui correspondait sans doute.

— En plus, je n'ai encore jamais goûté à cette spécialité d'Osaka… Ou bien ça te paraît trop banal pour un premier rendez-vous ?

— Non, pas du tout. Moi non plus, je n'en ai pas encore mangé depuis que je suis ici, répondit-il en espérant que cette étrange union de l'eau de mer et de l'eau douce deviendrait pour lui un souvenir inoubliable.

Le train parti de Takarazuka à destination de Nishinomiya-kitaguchi, dans lequel étaient montés et descendus de nombreux passagers, était maintenant prêt à accueillir ceux qui partaient dans la direction opposée.

La sonnerie annonçant le départ ne tarda pas à retentir, les retardataires se hâtèrent d'y monter, et les portes se refermèrent.

Il démarra. Quels récits habitaient ses passagers ? Ils étaient les seuls à le savoir.

Le train se lança avec sa cargaison d'histoires sur son parcours qui n'était pas infini.

ET RETOUR

NISHINOMIYA-KITAGUCHI

La ligne Imazu connaît deux pics de fréquentation, le matin et le soir, lorsque les étudiants et les gens qui travaillent partent de chez eux et y reviennent.

Le matin, les trains en direction de Nishinomiya-kitaguchi sont bondés ; le soir, c'est l'inverse. Les vendredis et les samedis, les derniers trains sont parfois aussi pleins que ceux du matin.

Mais le samedi en fin de matinée, à l'heure où je reviens de cours, ça va encore, se dit Misa qui venait d'arriver par la ligne Hankyū Kobe et redescendait vers le quai en direction de Takarazuka.

Elle était sûre de pouvoir s'asseoir et comptait choisir un siège près d'une porte.

Elle n'était sans doute pas la seule à préférer une place isolée, si possible. La plus proche de la porte dans la deuxième voiture était libre, et elle s'y assit. Les autres sièges se remplirent peu à peu.

Une voix de femme qui appelait "Madame Itō ! Madame Itō ! Il y a encore une place ici !" lui fit lever la tête. Elle vit un groupe de quatre ou cinq femmes dans la quarantaine, toutes vêtues de manière voyante, avec de gros bijoux fantaisie et des manteaux de fausse fourrure multicolore, justifiés par le froid de cette époque de l'année.

Elles portaient toutes des sacs de marque, du genre de celles qui font rêver les étudiantes.

La dénommée Itō entra dans le wagon, un peu surprise de s'entendre ainsi solliciter. La femme qui avait crié son nom s'était assise avec ses amies en face de Misa.

Je n'ai peut-être pas fait le bon choix, se dit Misa. Elles ont l'air bruyantes.

Au même moment, une jeune femme monta et s'apprêta à prendre la place voisine de la sienne. Elle était belle au point d'attirer les regards, et ses vêtements étaient ceux d'une cadre d'entreprise.

Quelque chose de stupéfiant se produisit au moment où elle allait s'asseoir.

— Zou !

Celle qui avait parlé fort lança son sac de marque sur le siège que la nouvelle venue était sur le point d'occuper.

Éberluée, Misa ne saisit pas tout de suite. Pas plus que la jeune femme élégante.

Mais le geste amusa le groupe, qui se mit à rire sans vergogne. L'une d'entre elles dit : "Vous êtes incroyable." Plus encore que cette initiative, le rire de ces femmes, qui montrait qu'elles n'y voyaient rien de répréhensible, parut incroyable à Misa.

Jeter un sac sous le postérieur de quelqu'un pour garder une place à une autre personne était à leurs yeux une pratique acceptable.

— Vite, vite ! On vous a gardé un siège !

Cette Itō arriva. Tenant à la main un sac de marque, elle aussi portait une robe tapageuse, pailletée, mais son manteau beige était en laine.

Misa ouvrit la bouche pour faire un commentaire désobligeant, mais la jeune femme qui n'avait pu s'asseoir l'arrêta de la main et murmura sur un ton ironique, juste avant que l'autre ne s'assoie :

— Grandes marques, petites manières…

Prise de court, Misa hocha vigoureusement la tête en regardant l'inconnue partir vers le wagon suivant.

Mme Itō rendit le sac à son amie avant de prendre cette place conquise de haute lutte, en s'excusant au passage auprès d'elle.

C'est à la jeune femme que vous devez des excuses, pensa Misa avec irritation. Elle sortit un manuel de son sac dans l'espoir que la lecture la calmerait.

Lorsque l'autre répondit que ce n'était rien, elle pesta intérieurement.

— Je trouve incroyable que des femmes adultes se conduisent comme ça, souffla-t-elle, assez fort pour que sa voisine l'entende, mais trop bas pour que l'autre puisse saisir quoi que ce soit.

Misa était prête à rabrouer Itō si elle protestait, mais elle resta coite.

Ses compagnes se mirent à discuter du restaurant de Takarazuka où elles allaient déjeuner. C'était un établissement coûteux et elles devaient être riches pour y aller un samedi.

Vous n'êtes sans doute jamais tombées sur un bonhomme qui vous a fait la leçon, se dit Misa.

Misa allait au collège en train.

À l'aller, il était bondé et elle ne pouvait jamais s'asseoir, mais au retour, elle réussissait souvent à être assise à côté de son amie Mayumi, qui descendait au même arrêt qu'elle.

Sauf quand c'était le tour de l'une d'entre elles de nettoyer la salle de classe.

Elles ne trouvaient de place qu'en prenant l'omnibus qui partait de la gare du collège. Le précédent arrêt sur la ligne desservait un lycée et les wagons arrivaient pleins de ses élèves.

Au début, elles avaient renoncé à s'asseoir ces jours-là. Mais elles avaient ensuite réalisé que c'était possible si celle qui n'était pas de service gardait une place pour l'autre, à condition que celle-ci coure jusqu'à la gare une fois sa corvée terminée.

Il fallait que la première arrivée monte dans la voiture la plus proche du guichet, car la seconde parvenait à la gare juste à temps pour le train. Grâce à ce stratagème, elles voyageaient toujours assises.

Celle qui n'était pas de service posait son cartable sur le siège voisin et tendait le cou vers le guichet pour faire comprendre qu'elle attendait quelqu'un.

Misa avait envie de disparaître sous terre en y repensant. Les autres passagers ne pouvaient pas avoir vu cette habitude d'un bon œil.

— Tu peux m'expliquer ce que tu fais, toi ?

La question venait d'un homme planté en face d'elle. Un vieux.

Elle ne comprit pas tout de suite qu'il s'adressait à elle car elle avait les yeux tournés vers le guichet.

— Je te parle ! Il est à toi, ce sac, non ?

La manière dont la regardait le petit homme chauve lui fit peur. Elle se demanda ce qu'il lui voulait.

Elle n'osa manifester l'aversion qu'il lui inspirait – liée à l'âge qu'il avait, et à l'hostilité de son regard.

— Tu peux me dire pourquoi tu poses ton cartable sur ce siège alors qu'il y a du monde dans le train ?

— C'est pour mon amie. Elle arrive tout de suite.

— Ça te paraît une bonne raison ? Des tas de gens montent dans le train avant elle, mais elle, elle est sûre de pouvoir s'asseoir parce que tu lui gardes une place ! Tu trouves ça normal ?

Pas la peine de crier si fort ! Tout le monde me fixe ! Je ne sais plus où me mettre, moi ! pensa-t-elle en se recroquevillant sur elle-même.

Elle s'attendait à ce que les gens jettent un regard réprobateur à ce vieux bonhomme, mais elle découvrit qu'ils étaient dirigés contre elle. Personne ne semblait ému de voir une adolescente se faire vertement réprimander.

C'était elle qu'ils condamnaient des yeux.

Elle était assez grande pour percevoir leur désapprobation.

La raison pour laquelle les autres passagers n'avaient d'yeux que pour elle, et non l'attention qu'elle attirait, la remplit de honte. Y avait-il d'autres collégiens dans cette voiture ? Des gens de sa classe ?

— C'est le tour de mon amie de nettoyer la classe, et elle sera fatiguée.

— Dans ce cas, donne-lui ton siège et cesse d'essayer de justifier ton attitude !

Elle savait qu'elle était en tort, mais elle n'arrivait pas à cesser de prétendre le contraire.

Que personne ne la défende acheva de la convaincre de son erreur.

L'excellente idée qu'elle et son amie avaient cru avoir n'était qu'une petite ruse qui ne trompait personne.

— Salut ! Merci de m'avoir gardé une place ! lança Mayumi en montant dans le train.

Elle n'avait rien remarqué. Le vieil homme la dévisagea.

— C'est toi, son amie ?

— Oui... pourquoi ? demanda-t-elle d'une voix hésitante.

Une fois près de Misa, elle lui souffla à l'oreille :

— Il te veut quoi, ce vieux ?

Elle n'avait pas parlé assez bas.

— Vous l'avez bien cherché, toutes les deux ! Vous faites ça tout le temps ! explosa-t-il. Tout le monde a envie de s'asseoir quand le train est bondé ! Je me demande comment vous avez été élevées toutes les deux pour vous conduire comme ça !

Mayumi fit la moue. Misa devina qu'elle s'apprêtait à lui répondre, mais le vieil homme ne lui en laissa pas le temps.

— Et vous venez de quelle école, toutes les deux ? Dites-le-moi, si vous osez !

Misa se leva immédiatement. Elle ne voulait pas qu'il signale leur conduite au collège.

— Viens, on descend.

Elle tendit son cartable à Mayumi et s'inclina devant le vieux monsieur.

— Je suis désolée. Je ne recommencerai pas.

Elle avait parlé vite pour lui présenter ses excuses. Mayumi s'était rendu compte des regards réprobateurs dirigés contre elle et Misa. Elle aussi s'inclina devant l'homme, mais sans lui sourire.

Elles descendirent du train comme deux fuyardes et s'assirent sur un banc du quai. La sonnerie retentit, les portes du train se fermèrent, et il s'ébranla.

Personne n'était venu s'asseoir à la place que Misa avait gardée pour Mayumi.

— Je suis sûre que le vieux va la prendre, lança cette dernière en tapant du pied. Il est venu t'embêter juste parce qu'il voulait s'asseoir.

Elles savaient toutes les deux que ce n'était pas vrai.

Cet homme qui les avait réprimandées. Les regards qu'elles avaient subis.

"Vous l'avez bien cherché, toutes les deux ! Vous faites ça tout le temps !"

Elles le faisaient en effet deux ou trois fois par semaine. Combien de passagers s'en étaient irrités ?

Quelle désagréable surprise !

Ce stratagème qu'elles trouvaient si habile leur avait valu de sévères remontrances. En public, qui plus est.

Elles s'étaient si mal comportées que cet homme excédé avait fini par les gronder.

— Il ne t'a fait des reproches que parce qu'il avait envie de s'asseoir, répéta Mayumi.

Elle était fâchée. Misa aussi. Leur colère leur était nécessaire.

Sinon, elles auraient éclaté en sanglots toutes les deux. De honte d'avoir été réprimandées, d'avoir subi les regards réprobateurs de tout le wagon, et de ne pas avoir perçu à quel point leur conduite était inacceptable. Et aussi un peu de peur que quelqu'un n'ait reconnu leur uniforme et n'aille se plaindre de leur conduite au collège.

Personne ne connaissait leur nom, mais elles préféraient ne pas penser à la honte qu'elles auraient ressentie s'il y avait eu une annonce au collège pour parler de cette plainte.

— Bon, mais on ne va plus le faire, hein ? dit Misa. Je ne veux plus jamais me faire engueuler comme ça.

Mayumi hocha la tête en silence.

À ce moment-là, Misa n'était pas capable de réfléchir à ce qui venait de se passer.

Je n'ai rien fait de mal, moi, ce vieux était trop pénible. Donc je ne le ferai plus.

La puberté et la fragilité qu'elle apporte l'empêchaient de reconnaître son erreur. Mais sa mauvaise conscience la conduisit à ne plus monter dans le même wagon.

Mayumi et elle cessèrent de se garder mutuellement un siège.

Bientôt, elles purent toutes les deux faire comme si elles avaient toujours su que poser un cartable sur un autre siège était un geste indigne, et contraire au sens commun. Elles ne se dirent jamais qu'elles l'avaient découvert grâce aux reproches de ce petit homme chauve.

Même si elles le savaient toutes les deux.

Grâce à cette expérience, Misa désapprouvait le geste de cette femme d'âge mûr, et elle était d'accord avec la remarque de la jeune femme qui s'était éloignée.

Elle était une étudiante moyenne dans une université qui n'avait rien de remarquable. Elle réussissait ses examens grâce à ses amis, qui l'aidaient à se concentrer.

Il lui faudrait probablement attendre d'avoir trouvé du travail pour s'offrir un sac aussi coûteux que ceux que les femmes de ce groupe posaient sans façon sur leurs genoux. À condition de mettre de l'argent de côté.

Mais elle savait qu'elle n'aurait jamais une conduite aussi indigne et elle en retirait une certaine fierté.

Quand j'y pense, j'ai souvent été sauvée par des inconnus, se dit-elle.

Comme lorsqu'elle avait décidé de quitter Katsuya, son ex – il lui avait fallu presque six mois et ce n'était pas un bon souvenir.

"Il ne vaut rien. Et si vous disiez stop ? Parce que vous allez souffrir."

Le jour où ils avaient prévu d'aller chercher un appartement où s'installer ensemble, il s'était fâché et avait bousculé Misa qui lui demandait pardon (même si aujourd'hui, elle pensait qu'elle n'avait rien fait de mal) avant de partir seul pour l'hippodrome. Elle avait failli tomber, mais il avait quitté la gare sans un regard pour elle.

Elle était fatiguée.

Lasse de ces querelles constantes, qui ne l'attristaient même plus.

Gagnée par le découragement, le désespoir, un sentiment de vide.

Elle l'avait compris grâce à la remarque d'une vieille dame croisée dans le train ce jour-là.

C'est vrai. Il ne vaut rien. Elle avait eu l'impression que les écailles lui étaient tombées des yeux.

Il s'était mis en colère pour une chose sans importance. C'était fréquent.

S'il la menaçait souvent quand il était fâché, il donnait rarement des coups de pied comme il l'avait fait dans le train ce jour-là. Pas encore.

Elle ne se posait pas de questions lorsqu'il se conduisait mal et ne lui faisait pas non plus de reproches. Cela n'aurait servi qu'à attiser sa rage.

Les regards réprobateurs que lui valait ce genre de conduite la visaient aussi.

Il ne vaut rien.

Si elle était restée avec lui, elle ne se serait sûrement plus préoccupée que de son humeur à lui, sans une pensée pour la manière dont les autres la voyaient. Elle y avait échappé de peu.

Quand elle lui avait annoncé qu'elle le quittait, il ne l'avait pas accepté. Il l'avait importunée chez elle plus d'une fois. En lui disant qu'il pouvait supporter de la quitter, mais pas le contraire (Misa lui ressemblait sur ce point).

Comme il hurlait devant sa porte tard le soir, elle l'avait laissé entrer pour ne pas gêner ses voisins. Il l'avait frappée.

Elle était partie vivre chez des amis sans rentrer chez elle pendant des semaines.

Cela avait continué pendant presque six mois.

Elle ne voulait pas que ses parents l'apprennent. Pour ne pas qu'ils s'inquiètent.

Un soir après les cours, elle était passée dans le commissariat le plus proche de l'université, mais le policier à qui elle avait exposé son problème ne lui avait pas paru sympathique. Il lui avait dit qu'elle devait aller dans le poste de police le plus proche de son domicile.

La police ne peut agir sans preuves, avait-il ajouté. Lorsqu'elle avait demandé ce qui en constituerait, il avait répondu : "Un certificat médical, par exemple." Elle n'avait pas les moyens d'aller chez le médecin chaque fois qu'elle recevait des coups.

Elle avait pris des photos de ses bleus sur son téléphone, mais Katsuya les avait découvertes un soir. Il avait tout effacé avant de la frapper encore plus fort. En la menaçant de pire si elle recommençait.

Bien qu'elle eût préféré s'en sortir seule, elle avait décidé de demander au frère aîné de Mayumi de l'aider. Misa le connaissait depuis toujours. Vice-président du club de karaté de son université, il était grand et fort.

— Misa, c'est la meilleure amie de ma petite sœur, tu piges ? s'était entendu dire Katsuya, dans le café d'Umeda où il avait été convoqué.

Mayumi, son grand frère et Misa étaient assis à la même table. Mayumi le regardait d'un œil noir tandis que Misa évitait son regard. Le grand frère de son amie, qui était en face de Katsuya, lui adressa un sourire menaçant.

— Et Misa, c'est presque ma petite sœur. Je veux que tu arrêtes de l'embêter. Tu crois que c'est possible ?

Katsuya, qui ne savait s'en prendre qu'aux objets et aux femmes, n'en menait pas large.

— Je… je voulais pas l'embêter, moi ! C'est ma copine, et parfois on se dispute, c'est tout.

— Misa ne veut plus sortir avec toi. C'est vrai, hein, Misa ?

Elle avait hoché la tête.

— Je ne veux plus être avec toi. Et je ne veux plus que tu me frappes. Ni que tu viennes crier devant ma porte.

Les bras croisés du frère de Mayumi avaient un volume impressionnant. Sans doute parce qu'il avait compris ce qui pourrait lui arriver s'il le mettait en colère, Katsuya frémit.

— Tu acceptes la séparation ?

Le ton sur lequel la question avait été posée montrait que ce n'en était pas une.

— Si tu n'es pas content, viens me le dire à l'université. Quand tu veux. Cherche le dojo et demande le vice-président du club de karaté. Je peux te donner mon numéro de portable, si tu veux.

Vaincu, Katsuya fit non de la tête.

— Maintenant, pour prouver que tu acceptes la décision de Misa, tu vas effacer devant nous son numéro et son adresse mail de ton portable. Et Misa fera pareil.

— Je crois que ça serait mieux que Misa bloque son numéro. C'est plus simple, et plus sûr, suggéra Mayumi. Et ça évitera qu'elle prenne son appel quand elle aura oublié son numéro.

— Si ça devait arriver, je serais là tout de suite. Bon, mais si c'est plus sûr, autant le faire.

Muet comme une carpe, Katsuya s'exécuta.

Une fois Katsuya congédié, Mayumi se retourna vers son amie, le visage courroucé.

— Tu peux m'expliquer pourquoi tu as attendu si longtemps pour me parler de tout ça ?

— Pardon ! Je ne voulais pas que tu te fasses du souci… Et puis tu vis chez tes parents, j'avais peur que tu leur en parles et que les miens l'apprennent. Tu n'habites pas tout près et je n'osais pas te demander de venir…

— Sayama, ce n'est quand même pas le bout du monde ! Et le Grand Satan ici présent vit à Osaka, lui ! Ne me dis pas que tu ne le savais pas ! Tu aurais pu faire appel à lui plus tôt !

— Dis donc, Mayumi, je me trompe ou tu viens de qualifier ton cher grand frère de Grand Satan ? J'espère que ça te fait plaisir au moins.

— Pff… lâcha-t-elle en lui donnant une tape sur le front.

— Tu ne trouves pas que tu exagères ?

— Je ne t'ai pas fait mal !

Misa était fille unique. Elle avait toujours envié Mayumi. La voir se quereller avec lui la fit d'abord rire, puis pleurer.

— Je vous remercie vraiment tous les deux ! J'étais super-embêtée, et vous m'avez sauvée.

Mayumi prit ses mains dans les siennes en disant qu'elle avait bien fait. Son frère but une gorgée de thé pour cacher son embarras.

Cette entrevue avait eu lieu un mois plus tôt. Depuis, Katsuya n'importunait plus Misa.

Le téléphone de Misa, qui était en mode silencieux, vibra. Elle vit que c'était un message de Mayumi.

Kengō se fait du souci pour toi. Appelle-le si tu as le temps.

Garde-le pour toi, mais l'autre jour, en revenant, Kengō m'a dit que tu étais devenue drôlement jolie. Lui, il est grand et fort, mais jamais il ne frappera une femme. Une vraie affaire, autrement dit. Il est tellement pris par le karaté qu'il n'a pas de copine, et il saurait te respecter.

Je serais devenue drôlement jolie ? N'importe quoi.

Mais imaginer Kengō en train de faire cette confidence sur le ton qu'il avait eu pour parler à Katsuya la réjouit.

Elle ne se sentait cependant pas le droit de le contacter après ce qu'il avait fait pour elle, d'autant plus qu'il était au courant de son passé.

Quand même, il me trouve jolie. Lui, un garçon bien plus fiable et calme que mon ex.

Elle n'allait pas se jeter à son cou après cette confidence de Mayumi, mais peut-être lui apporterait-elle un cadeau pour exprimer sa reconnaissance. Et qui sait, peut-être prendraient-ils ensuite un verre ensemble.

Elle avait son numéro, qu'il lui avait donné, "au cas où".

Merci. Je vais l'appeler un de ces jours. Ne le préviens pas, ça m'embêterait.

Elle rangea son téléphone.

"Il ne vaut rien. Et si vous disiez stop ? Parce que vous allez souffrir." La vieille dame avait raison, elle avait souffert pour le quitter. Mais elle ne regrettait pas de l'avoir fait. Elle lui exprima sa gratitude en pensée.

Elle aimerait la revoir et le lui dire tout haut.

Et elle se sentait aussi capable de remercier le bonhomme qui l'avait grondée quand elle était collégienne.

J'oubliais la lycéenne qui faisait rire tout le monde en parlant de son copain, se dit-elle. Je me demande si elle et ses camarades réussissent à se concentrer sur la préparation des examens d'entrée.

Je leur souhaite d'être reçues dans l'université de leur choix.

Tout cela lui fit oublier le groupe de quadragénaires mal élevées.

MONDO YAKUJIN

"Je trouve incroyable que des femmes adultes se conduisent comme ça."

Le commentaire de sa voisine, une jeune fille habillée d'une manière plutôt voyante, comme la plupart des jeunes d'aujourd'hui, qui n'était pas, à en juger par son apparence, douce et discrète, lui était destiné, à elle et ses amies.

Si son fils l'avait ramenée à la maison, elle se serait sans doute dit, sans en être convaincue, qu'elle ne devait pas être une mauvaise fille.

Aux yeux d'une mère, la jeune fille idéale pour son fils, celle qu'il voudrait épouser, ne devait pas nécessairement être belle. Il ne fallait surtout pas qu'elle soit voyante – mais pas non plus laide au point de nuire à la réputation de celui-ci. L'idéal était une jeune fille bien élevée, mignonne mais discrète, dont la tenue préférée serait une jupe plissée et un chemisier, quelqu'un d'effacé, qui ne se mette pas en avant.

Tout du moins était-ce l'idéal du groupe auquel elle appartenait. Des femmes qui se pensaient distinguées et s'habillaient "un peu chic" quand elles sortaient ensemble comme ce jour-là.

Vêtues de robes en tissu brillant qu'elles rehaussaient d'un bijou fantaisie, et équipées de sacs de marque. Faire savoir que tout ce qu'on portait avait été acheté dans un grand magasin d'Umeda renforçait le standing.

Même si c'était pendant les soldes, et qu'elles en étaient presque venues aux mains pour remporter l'article désiré. Ce qui venait d'un grand magasin était forcément mieux.

Des femmes vraiment distinguées, comme prétendaient l'être celles de ce groupe, éviteraient sans doute les grands magasins pendant les soldes, préférant prendre leur temps pour choisir ce qu'elles voulaient, prêtes à payer le prix fort.

Et puis… pensa Itō Yasué, regardant à la dérobée sa jeune voisine, une femme vraiment distinguée ne critiquerait pas un fils qui ramènerait à la maison quelqu'un comme elle.

Yasué avait vu la manœuvre de celle qui parlait le plus fort dans le groupe. Elle avait empêché une autre personne de s'asseoir sur le siège qu'elle occupait à présent, en y lançant son sac au dernier moment. Et elle avait accompagné ce geste d'un rire qui n'avait rien de distingué.

L'entendre appeler son nom l'avait embarrassée. Elle craignait le jugement des autres passagers.

Mais elle n'était pas courageuse au point de faire un reproche à celle qui lui avait gardé une place, par bienveillance pour elle qui avait pris du retard sur les autres. Elle savait aussi ce qui était arrivé aux femmes qui avaient osé défier les consignes de celle qui était leur chef.

Elle n'avait eu d'autre choix que lui rendre son sac. En s'excusant au passage. Comment ne pas le faire ? Mais elle en avait mal au ventre. Comme souvent ces derniers temps. En réalité, elle n'avait aucune envie d'aller dans ce restaurant chinois de Takarazuka. Les femmes de son groupe en avaient étudié la carte ensemble et décidé de commander le menu le plus onéreux, 5 000 yens par personne.

Yasué avait préparé du riz sauté pour le déjeuner de son mari et de son fils, qui étaient à la maison en ce samedi matin.

Elle aurait préféré aller au restaurant avec eux. 5 000 yens par personne ! Depuis que sa fille aînée s'était mariée et avait quitté la maison, elle dépensait moins par jour pour les nourrir tous les trois.

Son mari et son fils n'avaient pas protesté, car ils comprenaient que ce n'était pas vraiment par choix qu'elle fréquentait ce groupe dans lequel elle était entrée par le biais de l'association de parents d'élèves du collège. Elle ne le faisait pas pour le plaisir.

Elle avait remercié celle qui en était la chef au moment de lui rendre son sac, et souri quand celle-ci avait répondu que c'était normal avant de se mettre à rire à gorge déployée. Elle se savait incapable de s'opposer aux gens plus forts qu'elle.

Mais le commentaire de sa jeune voisine l'avait blessée.

"Je trouve incroyable que des femmes adultes se conduisent comme ça."

Essayait-elle de se justifier en espérant que cette jeune fille comprendrait pourquoi elle s'était assise sur le siège réservé par la chef ?

"Je ne suis pas dans ce groupe parce que ça me fait plaisir.

"Son attitude m'embarrasse.

"Me croiriez-vous si je vous disais que je pense que vous vous comportez bien mieux que les femmes avec qui je suis ?", aurait-elle voulu déclarer.

Et aussi :

"Merci. Mais la prochaine fois, n'en faites pas tant pour moi. Ça ne me dérange pas d'être debout."

Comme Yasué n'avait pas trouvé la force de le faire, elle méritait d'être rangée parmi les "incroyables".

Elle enviait les femmes qui avaient été rejetées par le groupe et dont plus personne ne parlait. Jusqu'à quand devrait-elle continuer à le fréquenter ?

"Prochain arrêt, Mondo Yakujin ! Mondo Yakujin !"

Mon mari et mon fils doivent se contenter de riz sauté alors que je vais à Takarazuka pour déguster de coûteux mets chinois, pensa-t-elle en entendant l'annonce.

Soudain, elle se recroquevilla sur elle-même, en se tenant le ventre.

— Ça va, madame ?

La question venait de sa jeune voisine, qui lui massait le dos.

— Qu'est-ce qui vous arrive, Yasué !

— Qu'est-ce qui vous prend ?

Les femmes de son groupe n'avaient remarqué son attitude que parce que la jeune fille avait parlé fort.

— Ça va ?

Aucune d'entre elles ne se leva pour s'en assurer. L'étudiante continuait à lui frotter le dos en lui jetant des regards inquiets.

— Désolée... j'ai mal à l'estomac...

— Comment ça ? N'oubliez pas qu'on va au restaurant.

— Ça va ? Vous allez y arriver ? s'enquit la jeune fille d'une voix inquiète.

Yasué l'agrippa par la manche.

— Ne dites rien, s'il vous plaît.

— Vous n'êtes pas en état de manger, vous ! répliqua l'étudiante.

Yasué surmonta son malaise pour relever la tête et sourire à ses compagnes.

— Je vous demande pardon, mais je crois que je vais rentrer chez moi. Amusez-vous bien. Je ne voulais pas gâcher cette sortie, pardon !

— Ah bon... Dans ce cas...

— Soignez-vous bien...

Le train entra en gare, les portes s'ouvrirent, et la jeune fille se leva en soutenant Yasué.

— Je vous remercie, ça va aller.

— Je descends ici de toute façon.

Elle aurait eu du mal à marcher seule.

L'étudiante fit comme si elle n'entendait pas les remerciements du groupe.

Yasué, qu'elle fit ensuite s'asseoir sur un banc, y resta pliée en deux jusqu'à ce que la douleur s'atténue.

— Dites-moi quand ça va mieux, hein ! Je crois qu'il y a un cabinet médical après le passage à niveau, mais je ne sais plus si c'est un généraliste ou un gynéco.

Yasué comprit qu'elle avait menti en disant qu'elle s'arrêtait ici de toute façon.

— Je suis désolée de vous avoir fait descendre ici.

— Ce n'est pas grave, répliqua-t-elle sèchement.

— De toute façon, je n'ai pas ma carte d'assurée sur moi... reprit Yasué, qui se demandait si la jeune fille lui en voulait.

— Si vous revenez l'apporter plus tard, la consultation vous sera remboursée.

— Oui, mais ça me coûterait le prix d'un billet pour revenir... Et puis j'ai toujours sur moi un médicament contre les maux d'estomac.

— Vous auriez dû le dire plus tôt.

La jeune fille partit en direction de la sortie.

Yasué la suivit des yeux puis ouvrit son sac à main, le seul de marque qu'elle possédait. Elle l'avait acheté avec l'argent qu'elle gagnait en travaillant à temps partiel, en se sentant coupable de ne pas l'utiliser à de meilleures fins...

Lorsque les femmes du groupe lui suggéraient d'en acheter un autre, en profitant de la prime de son mari, elle leur répondait que celui-ci lui suffisait.

Elle sortit le sachet de médicaments de son portefeuille, qui n'était pas de marque. Chaque fois que les autres insinuaient que ce serait mieux d'en avoir un de la même marque que son sac, elle mentait en disant qu'elle était obligée d'utiliser ce cadeau de sa belle-mère. En réalité, elle l'avait acheté en solde dans le supermarché où elle travaillait.

Il avait coûté 5 000 yens, autant que le menu qu'elle aurait dû manger aujourd'hui.

Elle allait se lever pour aller acheter de l'eau lorsque l'étudiante revint. Elle lui tendit une bouteille d'eau.

— Merci ! Je vous dois combien ?

— Laissez... Je peux vous l'offrir.

Yasué accepta, l'ouvrit et prit son médicament, sans comprendre la raison pour laquelle l'étudiante restait plantée là.

— Euh... commença-t-elle, désarçonnée par la gentillesse de la jeune fille, qui avait pourtant l'air de mauvaise humeur. Mais pourquoi...

— J'ai mauvaise conscience ! répondit celle-ci sur un ton irrité. J'ai dit quelque chose de désagréable, assez fort pour que vous l'entendiez... Et si c'est ça qui vous a donné mal à l'estomac, je veux rester avec vous jusqu'à ce que vous vous sentiez mieux.

Elle était bien, cette jeune fille. Vraiment bien. Bien mieux que l'image que se faisaient les membres du groupe de la bru idéale.

Si seulement son fils pouvait trouver quelqu'un comme elle… Les autres femmes du groupe la critiqueraient peut-être, mais elle se réjouirait d'avoir un fils capable de discernement.

— Ce n'est pas ça du tout, répondit-elle en accompagnant son sourire d'un geste de dénégation de la main. Ça n'a rien à voir avec vous.

Cette étudiante croisée dans le train qu'elle ne reverrait peut-être jamais.

— C'est juste que je n'avais pas envie d'aller déjeuner avec les autres dans un restaurant cher. Dépenser 5 000 yens alors que mon mari et mon fils vont devoir se contenter du riz sauté que je leur ai préparé. Quand j'y ai pensé, j'ai eu tout à coup mal au ventre.

Elle s'interrompit.

— Et puis, reprit-elle, non sans hésitation, l'une d'entre elles a lancé son sac pour me garder une place assise, n'est-ce pas ? Elles ne sont pas méchantes, mais faire ce genre de choses ne les dérange pas du tout. Je sais que je suis aussi en tort qu'elles, parce que je n'ai rien dit, mais j'avais honte.

L'étudiante surprit à nouveau Yasué en s'asseyant à côté d'elle.

— Je vous demande pardon d'avoir dit quelque chose de désagréable sans rien savoir de la situation.

— Mais non. Rien ne serait arrivé si j'avais osé dire quelque chose.

— Je ne suis pas d'accord, répliqua la jeune fille en la regardant droit dans les yeux. Si vous aviez dit quelque chose, l'autre vous aurait cassée. Si j'avais su que vous vous mettriez dans un tel état, je n'aurais peut-être pas parlé comme ça. Vous vous trompez quand vous dites qu'elles ne sont pas méchantes, ces femmes-là.

— Euh… Cassée ?

Yasué ne comprenait pas le sens que la jeune fille attribuait à ce mot.

— Cassée… Je veux dire vous mettre la honte, vous chasser du groupe. Nous les jeunes, on dit ça.

— Je n'ai jamais entendu cette expression. On en apprend tous les jours.

— Vous avez toujours un médicament pour l'estomac sur vous ?

— Oui, répondit Yasué, un peu gênée. Ces derniers temps, j'ai souvent mal au ventre.

— Quand vous sortez avec ce groupe ?

Elle ne put que hocher la tête en réponse à cette question sans détour.

— J'espère que vous ne le prendrez pas mal, mais… commença la jeune fille d'un ton déterminé. Et si vous arrêtiez de fréquenter ces femmes ? Si vous continuez, le médicament finira par ne plus faire d'effet.

En guise de réponse, Yasué inclina la tête, ce qui parut irriter son interlocutrice.

— C'est le stress. Quand vous êtes avec elles, vous êtes stressée. Vous vous êtes soudain sentie mal, mais maintenant qu'elles ne sont plus là, vous allez déjà mieux.

Yasué l'avait déjà remarqué, mais elle ne voulait pas l'admettre, car le faire aurait créé d'autres problèmes.

— Peut-être, mais je les fréquente depuis longtemps.

— Alors, laissez-moi vous dire une chose. Vous ne comptez pas beaucoup pour elles.

Yasué serra plus fort la bouteille qu'elle tenait à la main. En réalité, elle n'était pas sans le savoir.

— Normalement, quand on voit une copine se sentir mal, on descend du train avec elle, même si on ne le fait que pour montrer qu'on le fait. Mais elles, elles sont restées assises. Comme si leur déjeuner comptait plus que vous. Autrement dit, que vous soyez là ou pas leur est égal. Vous croyez vraiment que ça vaut la peine de fréquenter des gens comme elles ?

— Hum... Probablement pas, non.

Elle hocha la tête, se permettant d'être honnête parce que les autres n'étaient pas là. Cela faisait quelques années qu'elle ne trouvait plus leur compagnie agréable. Sans doute parce que leurs enfants ne fréquentaient plus le même établissement, et qu'elle ne les voyait plus dans le cadre des activités de parents d'élèves. La seule chose qu'elle ait jamais eue en commun avec elles était le collège.

— Et puis, reprit la jeune fille, le visage sévère, on n'a jamais rien à gagner à fréquenter des gens qui ne partagent pas vos valeurs. On risque même d'en oublier les siennes.

Elle avait dû en faire l'expérience. La voix de l'étudiante qui aurait pu être sa fille était grave.

— Mais vous, vous avez mal à l'estomac parce que vous vous en souvenez. Et le stress vous affecte.

La jeune fille se mit soudain à rire.

— Alors vous en pensez quoi ?

— Je peux vous demander pourquoi vous me dites tout ça ?

L'étudiante parut surprise.

— Une femme que j'ai croisée dans le train un jour m'a dit des choses qui m'ont beaucoup aidée à un moment où je filais un mauvais coton. Et quand je vous ai rencontrée...

Pendant la journée, les trains sur la ligne Imazu circulent avec dix minutes d'intervalle. Le signal sonore du passage à niveau commençait à se faire entendre au loin.

— Je vous remercie. Mais vous devriez prendre le prochain train. Je vais le faire aussi, mais dans l'autre sens.

— D'accord. Vous avez meilleure mine, mais soyez prudente, hein !

La jeune fille se leva et alla attendre au bord du quai.

Au moment où le train entrait en gare, Yasué lui cria :

— Je vais commencer par mettre un peu de distance avec elles !

L'étudiante se retourna, lui sourit et leva le pouce. Les portes du train s'ouvrirent et elle y monta.

Comme le font des gens qui se sont juste croisés.

Yasué se dirigea vers l'autre côté du quai en réfléchissant.

Elle commencerait par travailler plus d'heures, après en avoir discuté avec son mari, afin de ne pas passer dans la tranche d'imposition supérieure.

Ils avaient du mal à boucler les fins de mois en ce moment. L'université de leur fils coûtait cher. Si elle était moins disponible pour les autres femmes du groupe, elles finiraient par ne plus la contacter.

Elle leur tairait ces problèmes d'argent qui ne manqueraient pas de les faire douter des aptitudes de son mari. Il n'était pas homme à se préoccuper de ce genre de rumeurs, mais elle ne voulait plus acheter des objets de marque dont elle n'avait pas besoin pour faire comme les autres, ou déjeuner avec elles dans des restaurants hors de prix.

Dîner à trois dans le restaurant de la chaîne qu'aimait son fils coûtait 5 000 yens.

Un autre bénéfice serait qu'elle ne courrait plus le risque de s'entendre dire par une jeune inconnue qu'elle se conduisait mal.

KŌTŌ'EN

Trouvant trop bruyant le groupe de femmes d'âge mûr, Etsuko passa dans la voiture suivante. Elles faisaient autant de bruit que des élèves d'école maternelle en excursion et l'empêchaient de se concentrer sur son carnet de vocabulaire.

Elle savait dans quelle école elle voulait entrer. Elle se remit à étudier, tenant d'une main le carnet et de l'autre une poignée.

Kōtō'en, la gare qui desservait son lycée et une université bien connue, était le prochain arrêt. Parce qu'elle n'était pas assez forte pour espérer réussir l'examen d'entrée dans celle-ci, Etsuko visait une école d'infirmières privée d'un niveau moyen.

Si elle avait pu, elle aurait aimé continuer à descendre ici.

Les étudiantes de cette université suivaient la mode et paraissaient heureuses de leur sort.

Les résultats d'Etsuko ne lui permettaient pas de bénéficier d'une recommandation qui lui aurait facilité l'examen d'entrée dans une université plus sélective. Lorsque ses professeurs lui avaient suggéré de se présenter aussi à celui d'une université moins bien cotée afin d'être certaine d'avoir quelque chose, elle avait choisi une école d'infirmières, qui lui donnerait accès à une véritable profession.

Bien qu'elle et ses amies, qui avaient toutes fait d'autres choix et fréquentaient diverses préparations aux examens, n'aient plus l'obligation d'aller en cours, elles continuaient à venir au lycée le samedi après-midi pour ce qui était appelé une séance de révision.

Bientôt, elles ne seraient plus lycéennes. Cela intensifiait le plaisir de s'y retrouver.

Elles passaient plus de temps à bavarder qu'à réviser. Certaines d'entre elles avaient déjà été acceptées dans une université, et les autres (dont Etsuko) étaient quasiment sûres d'être acceptées dans l'établissement de leur choix.

Aucune ne prenait de risque. Leur frivolité n'était qu'apparente.

Peut-être manquaient-elles de courage. Elles n'avaient pas l'audace de tenter une université un peu trop difficile et de se dire que si cela ne marchait pas, elles n'auraient qu'à tenter à nouveau leur chance l'année suivante. Toutes avaient opté pour ce qu'elles pouvaient avoir.

Et elles étaient ravies de se voir ainsi une fois par semaine et de profiter du peu de temps qui leur restait.

Etsuko, ou Etchan, comme l'appelaient ses amis, continuait à voir ce salarié qui ne savait pas lire tous les caractères.

Ses amies continuaient à lui demander si elle avait sauté le pas, et elle continuait à leur donner la même réponse.

Elle gardait pour elle le fait que cela avait failli arriver.

Au lycée comme dans le centre de préparation aux examens qu'elle fréquentait, on lui avait dit que si elle travaillait dur jusqu'au mois de mars, elle avait ses chances. Mais aussi qu'elle avait besoin de "plan B" au cas où elle échouerait.

Si elle n'en avait pas encore, elle devait viser une université moins bien cotée. Elle avait entendu qu'ils attendaient d'elle qu'elle travaille dur et tente sa chance. Choisir judicieusement son plan B lui permettrait de garder la possibilité de réussir l'examen de son premier choix, et si ce n'était pas le cas, d'avoir quand même son deuxième choix.

"Tu y es presque. En te donnant un peu de mal, ça peut marcher", lui avait dit le prof du centre de préparation. C'était normal. Il était payé par les parents d'Etsuko.

Si elle réussissait l'examen d'entrée à son plan B, il faudrait payer les frais d'inscription afin de garantir sa place, soit quelques centaines de milliers de yens pour une université à cursus court, et près d'un million pour une université où les études duraient quatre ans. Et si elle réussissait ensuite l'examen d'entrée de celle qui était un peu au-dessus de son niveau, cette somme aurait été dépensée pour rien.

Etsuko avait deux jeunes frères. Sa famille ne pouvait lui consacrer autant d'argent. Le fait qu'elle ne soit pas assez bonne pour se présenter à une université publique pesait déjà sur ses parents.

Ses enseignants du lycée et du centre de préparation la croyaient capable d'y arriver. Ils avaient beaucoup insisté pour qu'elle tente les deux.

Je ne peux pas. Ma famille n'est pas assez riche pour me permettre de passer un examen qui serait comme jouer à la roulette. Je dois penser à mes frères.

Changer de centre de préparation était possible, mais pas de lycée.

Elle avait parlé à ses parents de la date des examens et de celle où il fallait payer les frais d'inscription, mais son professeur principal avait insisté. Ce serait dommage qu'elle ne saisisse pas cette possibilité de réussir.

Elle avait résisté à son envie de se mettre en colère contre lui. Comment pouvait-il lui recommander de prendre le risque de faire perdre beaucoup d'argent à ses parents ?

Elle aurait aimé pouvoir prétendre à cette université qui l'enthousiasmait depuis longtemps. Peut-être aurait-elle insisté auprès de ses parents si elle avait été certaine de réussir l'examen.

Elle avait fait le maximum. Avec pour seul résultat de s'entendre dire qu'avec de la chance, elle y arriverait peut-être.

Même si c'était le cas, elle ne pouvait pas espérer de ses parents qu'ils acceptent de perdre cette somme pour elle.

Elle ne pourrait pas aller dans l'université dont elle rêvait. C'était impossible en raison des finances familiales.

Elle aurait préféré que son professeur lui dise qu'elle n'avait aucune chance et l'aide à y renoncer. Cela aurait montré qu'il pensait vraiment à elle.

Réussir cet examen n'aurait pas été une aubaine pour elle, mais pour le professeur, qui aurait pu s'en enorgueillir.

Elle l'avait pris en grippe. Les efforts qu'elle faisait pour l'éviter la stressaient et ses résultats avaient cessé de progresser.

Elle n'avait pas le niveau requis pour prétendre à cette université.

Quand il l'avait admis, il l'avait libérée, en déclarant froidement, cruellement, qu'il s'était trompé sur elle et qu'elle en était incapable.

Juste avant Noël. Quel triste cadeau !

— Tu n'as pas la forme en ce moment.

Son copain ne connaissait peut-être pas tous les caractères de la langue japonaise, mais il était gentil. Comme la date du 24 correspondait à un jour de semaine, ils avaient fêté Noël avec quelques jours de retard.

En voyant l'expression d'Etsuko quand il était venu la chercher en voiture, il avait compris que c'était lié à la préparation des examens.

— Tu es à fond en ce moment, hein ? Je te plains.

Il se trompait.

Le prof qui lui avait recommandé de s'épuiser pour un niveau inaccessible venait finalement de lui annoncer qu'elle en était incapable.

— Tu sais, si tu es trop fatiguée ce soir, je peux te ramener. Ce n'est pas grave.

L'espace d'une seconde, elle avait envisagé de le faire.

— De toute façon, si tu veux rentrer, tu n'as qu'à me le dire. Mais avant…

La voiture était arrêtée à un feu rouge, et il avait sorti de sa poche un sachet blanc.

— Je me suis dit qu'on irait acheter ton cadeau de Noël ensemble, mais je voulais d'abord te donner ça. Ça vient de Fukuoka, où je suis allé pour mon travail.

Elle lut sur le papier "Sanctuaire Tenmangū* de Dazai".

* Ce sanctuaire est construit sur la tombe de Sugawara Michizane, déifié en Tenjin, révéré comme le dieu de la littérature et des études.

Le sachet contenait une amulette rose sur laquelle il était écrit "Réussite aux examens".

— Tu en as besoin. J'ai prié pour toi là-bas. Je suis même rentré dans le sanctuaire.

— Tu aimerais que je réussisse, c'est ça ? demanda-t-elle, décidée à en avoir le cœur net.

— Ça va de soi, non ? Quelle question ! Je te soutiens, tu le sais bien, non ?

Le feu étant passé au vert, il redémarra.

Il avait choisi une amulette rose parce qu'elle était une fille. Il y avait sans doute beaucoup d'autres couleurs, mais il n'avait pas plus réfléchi que ça, se dit-elle en l'observant.

— On fait quoi ? Tu veux rentrer ?

— Pourquoi insistes-tu pour me ramener ?

— Parce que tu travailles dur en ce moment. Je ne veux pas que tu te fatigues davantage.

— Mais quand on prépare un examen, c'est important aussi de se changer les idées. Tu veux pas m'emmener dans un bel endroit ?

— Mais ton cadeau ? Je me disais qu'on pourrait aller à Kobe.

— Je n'en ai aucune envie. Il y aura du monde partout. Gardons ça pour la prochaine fois. J'ai envie qu'on soit tranquilles tous les deux.

Elle le vit rougir.

— Tu es toujours si directe, mais je vois que tu peux aussi être douce. Je te propose une balade sur le mont Rokkō.

Elle venait de découvrir le goût des baisers d'adultes.

Avant cela, elle s'était toujours esquivée, parce qu'elle avait peur, et il ne l'avait jamais forcée.

Lorsqu'elle détournait la tête, incapable de lui expliquer que c'était le plaisir qu'elle y prenait qui l'affolait, il n'insistait jamais.

Comme chaque fois qu'il roulait sur cette route de montagne qui paraissait toujours nouvelle à Etsuko, il avait fini par garer la voiture dans un endroit qui offrait une belle vue. Ils s'embrassaient et elle avait peur dès qu'une voiture passait.

La lumière de leurs phares était une des raisons pour lesquelles elle esquivait ses baisers.

Mais ce jour-là, elle ne l'avait pas fait.

— Tu sais, il y avait une voiture, lui souffla-t-il.

— Aujourd'hui, ça m'est égal. Embrasse-moi encore, répondit-elle en effleurant ses lèvres.

Le baiser suivant avait été encore plus intense.

Elle comprit à quel point il avait fait preuve de retenue jusqu'à ce moment-là.

Leur étreinte dura mais il finit par s'écarter d'elle.

— On arrête.

— Pourquoi ? demanda-t-elle.

Elle avait l'impression d'avoir enfin compris ce qu'elle devait faire. Il avait soupiré et baissé les yeux vers le volant.

— Si je continue, je ne pourrai plus me contrôler, expliqua-t-il avec un sourire embarrassé.

Elle n'avait pas envie d'arrêter.

— Ça me va, dit-elle.

Il la regarda, les yeux ronds.

— Allons dans un hôtel. Je suis prête.

— Mais…

— S'il te plaît, lança-t-elle, obstinée.

Il avait démarré en silence.

Elle ne se souvenait ni du nom de l'hôtel ni de l'endroit où il se trouvait.

— Je vais prendre une douche.

Cela n'avait pas tant d'importance. Pas besoin d'être tendue. Plusieurs filles de sa classe l'avaient déjà fait. Etsuko était presque en retard sur les autres.

Elle avait envie de sa tendresse. Elle était sûre qu'il serait doux.

Elle sortit de la salle de bains, une serviette autour du corps.

— Qu'est-ce que tu fais ?

— Euh... c'est juste que... répondit-il.

Assis en tailleur sur le lit, il lui tournait le dos, une main sur les yeux.

— Je veux te demander une faveur.

— Quoi ?

— Rhabille-toi.

Entendre cette demande alors qu'ils étaient ici la mit en colère.

— On est venus ici pour quoi ? Tu ne veux pas de moi ?

— Bien sûr que si ! Ne dis pas de bêtises !

Lui aussi avait élevé le ton.

— Tu n'es pas dans ton assiette aujourd'hui. J'ai l'impression que tu es désespérée, ou que tu as renoncé. Tu t'en rends compte, non ? Tu dis oui à tout. C'est décourageant, en toute honnêteté. Mais je suis un homme, et même si je t'aime, je ne peux pas tout supporter.

Soudain, elle eut froid. Il savait. Il comprenait.

Pour la première fois, elle n'avait pas été honnête avec lui.

— Mais... lâcha-t-elle, la voix tremblante.

Elle s'assit et se mit à pleurer comme une enfant.

— Je voulais de la tendresse. Je voulais que tu sois tendre avec moi. Tu m'as rapporté une amulette de Fukuoka, ça montre que tu as pensé à moi là-bas. J'ai compris aujourd'hui que tu te retenais toujours quand tu m'embrassais. Et je voulais encore plus de tendresse.

— Je n'en peux plus, réagit-il en se grattant la tête. Tu pleures comme une petite fille. Tu sanglotes, tu peux à peine parler. Je suis vaincu.

Vaincu ? Comment ça ? Elle aurait voulu lui demander ce qu'il voulait dire, mais elle n'avait plus de voix. Elle sanglotait, c'était vrai, mais elle finit par entendre ce qu'il disait.

— Tu es nue, Etsuko ?

— Sous la serviette, oui.

— Écoute-moi bien. Je suis presque au bout de ce que je peux supporter. Si tu continues, je ne pourrai pas me retenir.

Il s'interrompit, se tourna vers Etsuko et lui ouvrit les bras.

Elle s'y précipita sans hésiter et l'entendit murmurer qu'elle exagérait. Pardon, lui demanda-t-elle en silence.

— Qu'est-ce qui t'est arrivé ?

Collée à lui qui caressait ses cheveux, elle commença à lui raconter ce qu'elle avait gardé pour elle, ce qu'elle n'avait pu dire ni à ses parents ni à ses amis.

Du début à la fin, quand son professeur principal lui avait jeté qu'il s'était trompé sur elle.

Trompé sur elle. S'il était capable de lui dire ça, il aurait mieux fait de ne jamais lui recommander de se présenter à un examen qu'elle n'était pas sûre de réussir. Il aurait dû me dire que je ne pouvais pas. Dès le début, elle lui avait dit qu'elle ne voulait essayer que ce que le lycée la croyait capable de réussir.

Moi, je savais bien que je ne pouvais pas.

— Je ne m'en fais pas pour toi. Tu es gentille, tu penses aux autres. Tu penses à tes frères, tu penses à ce que peut supporter ta famille, et tu veux un vrai métier. Le choix que tu as fait est le meilleur pour toi. Ton prof est trop bête pour le voir, c'est tout.

— Tu me trouves gentille ?

— J'en serai sûr si tu vas te rhabiller. Tu me tortures, tu sais.

— Je te crois, répondit-elle.

Elle alla se rhabiller dans la salle de bains et ils passèrent le reste des deux heures pour lesquelles ils avaient loué la chambre à parler, allongés sur le lit.

Elle lui demanda de l'emmener en voyage quelque part une fois qu'elle se serait habituée à sa vie d'étudiante. Nul besoin d'aller loin. Il fallait juste trouver un hôtel agréable, où ils passeraient la nuit ensemble. Cela le fit rire.

— Ça va mieux, on dirait.

Puis il poussa un profond soupir.

— Oui, mais quand tu seras étudiante, Etsuko, je suis sûr que tu ne voudras plus d'un idiot comme moi. Qui ne sait même pas lire le caractère de "soie".

— Ne t'en fais pas pour ça, répondit-elle en se jetant sur lui. J'adore les idiots.

— Je ne te suis pas !

Il l'avait serrée dans ses bras, presque en souriant.

Le train arriva à Kōtō'en.

En descendant, elle croisa un couple d'étudiants. Le garçon était grand, habillé un peu punk, et la fille, très mignonne. Elle était vêtue simplement et portait un collier avec un pendentif en verre de couleur pâle.

Eux étudiaient là où elle aurait aimé aller. Elle les admira, sans ressentir aucune jalousie.

Parce qu'elle savait à quel point son copain tenait à elle, même si c'était un idiot.

Elle se dirigea ensuite vers son lycée, où l'attendaient ses amies.

NIGAWA

— Regarde !

Celle que tout le monde connaissait sous le surnom de “Gonchan” mais que Kei’ichi appelait toujours Miharu pointait du doigt la pente à 45 degrés qui bordait la voie de chemin de fer.

— Tu vois les fougères aigles* fanées ?

Elle ne se trompait pas. Comme lui, elle était originaire de la campagne et capable de les identifier.

— Oui. Et alors ?

— Le printemps sera bientôt là.

— Oui. Et alors ?

— Il y en aura beaucoup et je suis sûre que personne n’ira cueillir leurs jeunes pousses.

Il prétendit ne pas comprendre où elle voulait en venir.

— Et donc ?

— On pourrait y aller, non ?

Elle l’avait dit ! Il la regarda en faisant semblant d’être fâché.

— C’est hors de question.

— Pourquoi ? Ça serait dommage de ne pas en profiter… et de les laisser comme ça.

* Fougères dont on mange les jeunes pousses au début du printemps.

— C'est hors de question, répéta-t-il lentement. Explique-moi comment tu comptes arriver jusque-là. C'est au bord des voies. Et tu as vu la pente ?

— Avec une corde de secours, on pourrait descendre le plus bas possible.

— Il y a un chantier au-dessus. Probablement fermé au public.

— Et si on y allait un matin, tôt ? On ne ferait rien de mal, juste cueillir ces fougères. Et on ne resterait pas longtemps.

— Non.

— Tu sais, j'ai demandé aux gens du chantier l'autre jour si ça ne les intéressait pas. Ils m'ont dit non, et ajouté en riant que je pouvais me servir si ça me chantait.

Aller parler à des inconnus lui ressemblait. En général, les gens la trouvaient sympathique. Il soupira.

— Ils t'ont dit ça parce qu'ils ne croyaient pas que c'était possible d'aller en cueillir, non ?

— Eux, ils ne peuvent pas, mais moi, je suis de la campagne.

— Ça ne change rien ! Et si tu tombes ? Tu pourrais te faire très mal.

— Comment ça ? Il y a des arbres auxquels se rattraper, et la pente n'est pas si forte…

— 45 degrés, ce n'est pas rien ! Réfléchis un peu !

— Mais on pourrait y aller tôt le matin, en longeant les voies, avant le premier train.

— Arrête, s'il te plaît !

La colère de Kei'ichi n'était plus feinte. Miharu fit la moue.

Elle est tellement mignonne quand elle fait cette tête-là, pensa-t-il en se trouvant vraiment épris. Cela ne signifiait pas pour autant qu'il devait la laisser dire et faire n'importe quoi. Au contraire.

— Pourquoi t'intéresses-tu à ces fougères ? Toi et moi, on en a déjà vu.

— Oui mais là, elles sont à portée de main et personne n'en profite…

— Si tu rentres chez toi, tu pourras en cueillir autant que tu veux !

Elle le tira par la manche sans relever la tête.

— Si je rentre chez moi pour les vacances de printemps, on ne se verra pas pendant un bout de temps.

Elle était vraiment trop mignonne !

Il détourna les yeux sans le vouloir. Il avait annoncé à ses parents, qui l'avaient appelé la veille pour savoir s'il rentrerait pendant les vacances de printemps, qu'il ne le ferait pas, puisqu'il était venu pour les vacances de fin d'année.

Reconnaître qu'ils n'étaient jamais sortis avec quelqu'un avait simplifié le début de leur relation. Ni elle ni lui n'avaient éprouvé le besoin de faire semblant de savoir comment se conduire et ils avaient tout découvert ensemble.

Libérés du désir d'impressionner l'autre, ils avaient agi avec naturel. Quelqu'un qui aurait été témoin de leur premier rendez-vous dans le food court d'un centre commercial, et du bonheur visible avec lequel ils avaient dégusté des boulettes au poulpe, aurait pu les trouver bébêtes.

Ce n'était qu'au bout de quelques mois qu'elle était venue chez lui.

Avant cela, elle avait refusé ses invitations, comme si elle lui prêtait de noirs desseins (il était prêt à admettre qu'il n'en était pas exempt).

La grippe qu'il attrapa en été fut l'occasion de surmonter cette résistance.

Elle lui rendit visite en se servant du GPS de son portable pour trouver l'adresse qu'il lui avait envoyée.

— Comme je sais que tu te fais à manger, je me suis dit que tu aurais ce qu'il faut chez toi.

Elle avait apporté de quoi préparer une bouillie de riz, ainsi qu'une boîte de pêches au sirop. Il lui était reconnaissant du sac de riz de deux kilos, car il n'en avait plus. Mais voir le livre de recettes pour débutants dont elle était munie éveilla une légère inquiétude chez lui.

— Tu sais, Miharu, lança-t-il d'une voix timide depuis le lit où il s'était recouché, mon cuiseur à riz a une fonction "bouillie de riz". Tu peux t'en servir si tu veux.

Il ne voulait pas la blesser.

— Merci de me le dire ! s'exclama-t-elle alors qu'elle était en train de scruter les casseroles de son placard. Je ne voulais pas t'en acheter de la toute faite, mais celle que j'ai préparée en suivant les instructions de ma tante n'était pas fameuse. Je suis sûre que j'aurais fait mieux aujourd'hui, et j'étais résolue à prendre le risque.

Sa réponse le fit rire, et donc tousser.

Lui aussi était résolu à prendre le risque de manger ce qu'elle lui préparerait, même s'il préférait ne pas avoir à le faire. Mais qu'elle était mignonne !

Peut-être était-ce pour cela qu'il avait eu envie de se faire chouchouter.

— Fais-moi manger ! demanda-t-il une fois qu'elle avait rempli un bol de bouillie.

Elle rougit jusqu'aux oreilles, comme il s'y attendait, mais lui donna de la bouillie à la becquée puis des pêches au sirop préalablement coupées en petits morceaux.

— C'était délicieux, merci !

— Remercie ton cuiseur à riz, je n'y suis pour rien, dit-elle en montrant l'appareil du doigt. Mais la prochaine fois que tu seras malade, je t'en ferai moi-même. Enfin, je l'espère.

De nouveau, cela le fit rire puis tousser.

— Tu ferais mieux de t'allonger !

Elle l'aida à le faire avant de lui demander s'il avait assez de médicaments.

Il lui répondit oui, en réalisant que son visage était tout près du sien. L'embrasserait-il aujourd'hui pour la première fois ? Mais il ne voulait pas la rendre malade.

— Tu vas attraper ma grippe.

— Ce n'est pas grave, répondit-elle. Les examens sont finis, je ne vais pas rentrer chez mes parents tout de suite. Ma tante me soignera si je suis malade. Et puis je suis solide.

Elle posa ses lèvres douces sur celles fiévreuses et desséchées de Kei'ichi.

Noël marqua une nouvelle étape dans leur relation.

Comme ils étaient tous les deux des étudiants démunis, il comptait inviter Miharu à dîner chez lui.

Il ne pouvait pas compter sur ses talents de cuisinière et savait les siens en ce domaine limités. Ce serait soit des sushis maison, soit une marmite japonaise, un plat plus adapté à l'hiver.

Ils avaient déjà choisi leur cadeau de Noël, des montres Swatch assorties, achetées ensemble à Umeda, au cœur d'Osaka. Il avait payé pour celle de Miharu, et elle pour la sienne, une décision qui avait aussi à voir avec leur hésitation à aller ensemble au rayon bijouterie d'un grand magasin.

Tous deux n'avaient probablement rien prévu de plus qu'un baiser pour clore cette soirée, ni l'un ni l'autre n'étant enrhumé.

Lorsque le moment des cadeaux arriva, Kei'ichi en donna deux à Miharu.

— Mais pourquoi ?

— La Swatch pour hommes était plus chère que l'autre, alors…

— Tu n'aurais pas dû ! Moi, j'habite chez ma tante et j'ai un budget moins serré que le tien…

— Je ne suis pas d'accord. Tu as pitié de moi, c'est ça ?

Sans doute sous le coup de l'émotion, Kei'ichi avait parlé avec l'accent de Hiroshima.

— En tout cas, ouvre-le, s'il te plaît.

Cela faisait plus de six mois qu'ils étaient ensemble, et il croyait connaître ses goûts. Son cadeau lui plairait, il en était sûr.

Elle découvrit dans la boîte plate un collier avec un pendentif en verre, au design délicat, dans des tons pastel où dominaient le rose et le vert.

Il l'avait choisi car le prix était à sa portée – il avait travaillé plus d'heures pour le payer – et Miharu en avait un autre du même genre, qu'elle mettait de temps en temps.

— C'est l'œuvre d'un artisan, et donc une pièce unique. C'est ce qui m'a plu.

Il garda pour lui le fait qu'il n'avait pas coûté trop cher. Miharu le mit immédiatement.

— J'adore les colliers en verre. Merci !

Il se souvint que Kyushu, l'île dont elle était originaire, était célèbre pour son art verrier.

— J'avais oublié ! s'écria-t-elle en tapant des mains. J'en ai aussi un autre. Enfin, c'est un cadeau que j'ai reçu de mes amies aujourd'hui…

Elle se mit à chercher dans son sac et en sortit une boîte rectangulaire qui tenait sur la paume des deux mains.

— Ça doit être des petits gâteaux, mangeons-les avec le gâteau de Noël.

Elle commença à ouvrir l'emballage rouge… et se raidit.

— Ce n'est pas une boîte de biscuits, Miharu !

Le papier était illustré d'images enfantines, mais ce qu'il contenait était réservé aux adultes. Miharu n'était pas naïve au point de ne pas s'en rendre compte.

— Oh là là… Si j'avais su…

Bien qu'il comprenne son embarras, il ne put s'empêcher d'éclater de rire.

— Elles exagèrent quand même… Je me suis demandé pourquoi j'étais la seule à recevoir quelque chose !

— J'imagine qu'elles voulaient que tu ouvres le paquet devant elles. Pour voir ta tête !

Mais il avait été son seul spectateur.

— Elles exagèrent ! Je ne peux pas rapporter ça chez ma tante.

Elle crut entendre ses amies lui recommander de laisser la boîte chez son copain.

— Pourquoi ne pas la laisser ici ? Ta tante vient parfois dans ta chambre, non ?

Il était préférable qu'elle ne tombe pas dessus.

— Oui, mais toi, tu reçois souvent tes amis, non ?

— Entre garçons, ce n'est pas pareil… Tous ceux qui ont une copine en ont chez eux, j'imagine. J'aurais préféré un emballage plus discret, mais à part ça…

Une question glissa de la bouche de Miharu, qui regardait les sachets, les yeux ronds.

— Je peux te demander si…

Elle leva la main.

— Tu en as ?

Difficile de trouver la bonne réponse.

— Euh… Ben oui. Moi aussi, j'ai ce genre de désir.

— Et… avec moi ?

— Je vais me fâcher !

Miharu dut réaliser que sa question était déplacée.

Elle lui demanda pardon en le regardant par en dessous, l'arme suprême qu'ont les filles pour désarçonner les garçons.

— C'est Noël… On pourrait s'en servir, même si l'emballage est voyant…

Après avoir lancé cette proposition sur laquelle il ne pouvait plus revenir, elle ôta son collier. Pour ne pas le casser, dit-elle.

La suite s'avéra plus délicate.

C'était aussi la première fois pour lui. Il ne voulait pas lui faire mal, et même si elle lui disait que ce n'était pas le cas, la tension de son corps révélait son mensonge.

— Pardon mais… je n'y vois rien, je peux allumer la lumière ? finit-il par demander, persuadé que tout serait plus simple s'il pouvait vérifier comment les choses se présentaient.

— Non, je ne veux pas… On va y arriver, j'en suis sûre.

Il continua ses efforts en prenant garde que ce ne soit pas douloureux pour elle, mais ils ne furent couronnés de succès qu'après minuit. Il choisit d'oublier qu'il avait gâché presque la moitié du contenu de la boîte.

Miharu s'endormit ensuite. Il ne tarda pas à la réveiller en regrettant de ne pouvoir continuer à la regarder dormir.

— Miharu, il faut que tu rentres !

Sa réponse le surprit.

— Non… J'ai dit que je passerais la nuit dans un karaoké avec mes copines.

Elle entrouvrit les yeux.

— Je ne savais pas ce qu'on ferait ce soir, mais j'avais envie de dormir chez toi. Parce que ma tante ne me laisse passer la nuit dehors que pour des occasions spéciales.

Elle avait envie de dormir chez moi, même si elle ne savait pas ce qu'on ferait ce soir… Elle devait s'en douter, quand même, pensa-t-il.

D'ailleurs, elle avait dû dire à ses amies ce qu'elle voulait comme cadeau. Sinon, elles ne se seraient pas permis de…

Kei'ichi sourit et s'apprêta à dormir. Cette nuit épuisante fut suivie par leur premier matin ensemble.

Les amies de Miharu, à qui elle avait apparemment demandé comment faire pour ne plus avoir mal, taquinèrent Kei'ichi pendant quelque temps.

Je sais que tu es persuadée qu'il y a une meilleure méthode pour tout, Miharu, mais j'aurais préféré que tu réfléchisses à ce que les autres allaient penser de moi… songea Kei'ichi, bien qu'il soit prêt à reconnaître qu'elles avaient été de bon conseil. Il n'eut plus à la voir grimacer de douleur.

La meilleure méthode n'était pas sans valeur.

— D'accord, fit-il en hochant la tête.

— Bon, alors… s'exclama-t-elle.

— Mais pas sur cette pente. Elle est trop forte.

Elle baissa la tête, dépitée. Il ne pouvait pas dire oui à tout.

— Par contre, une fois que le printemps sera là, on ira se promener en montagne. Tu as envie de cueillir des jeunes pousses de fougères et d'autres plantes comestibles, n'est-ce pas ? Je suis sûr qu'on en trouvera dans le coin. On est tous les deux de la campagne, nous !

Miharu le regarda, ravie, et battit des mains comme une petite fille.

Comme souvent, il avait du mal à croire qu'elle était étudiante. Savait-elle à quel point son attitude était enfantine ?

— À partir de la gare de Nigawa, on peut faire une randonnée de deux heures sur le mont Kabutoyama. Ça te dirait d'aller voir où elle commence aujourd'hui ? En plus, si on longe la rivière, on trouvera peut-être de l'ail sauvage ou de la saxifrage.

— Oh oui, allons-y !

Soudain, elle eut l'air songeuse.

— Mais la saxifrage, ça n'a qu'un usage médicinal, non ?

— Non, j'ai lu dans une encyclopédie des plantes comestibles que les feuilles frites en tempura sont délicieuses. Il y a pas mal de randonnées le long des lignes Hankyū, tu sais.

Elle le dévisagea.

— Qu'y a-t-il ?

— Dois-je comprendre que tu t'es renseigné ?

Kei'ichi fut pris au dépourvu. Comme elle lui avait parlé des fougères aigles qui poussaient entre les gares de Kōtō'en et de Nigawa, il avait réfléchi à ce qu'ils pouvaient faire ensemble pour la consoler d'avoir rejeté sa proposition. Il ne voulait pas prendre de risque sur un talus aussi pentu, mais il n'avait rien contre l'idée d'aller cueillir des plantes dans la campagne, chose qu'elle faisait sans doute en famille. Elle avait renoncé à rentrer chez ses parents pour les vacances de printemps pour ne pas passer du temps loin de lui.

— Oui, parce que moi aussi, ça me dit. Je ne déteste pas la montagne. C'est tout.

Elle lui prit le bras et se colla à lui. Il connaissait la douceur de son corps.

— Merci. Ça me fait drôlement plaisir que tu veuilles faire ça avec moi.

Il enfonça le clou.

— Mais on n'ira pas sur cette pente à 45 degrés.

Elle le promit.

— Et tu en sais plus sur ce portique shintō ? Tu n'avais pas dit que tu te renseignerais ?

— Hum… Je préfère attendre encore un peu. Je ne suis pas sûre de vouloir le savoir.

— Pourquoi ?

Elle rit.

— Parce que c'est grâce à ce *torii* qu'on a commencé à sortir ensemble. Chaque fois que j'y pense, je suis émue, et je préfère que ça reste une énigme pour le moment.

Il la regarda, surpris, et lui donna une chiquenaude sur le front.

— Aïe ! Pourquoi as-tu fait ça ?

Elle se massa le front en détournant ostensiblement les yeux.

Parce que tu dis des choses qui me donnent envie de te serrer dans mes bras alors que je ne peux pas parce qu'on est dehors !

Le train s'arrêta à Nigawa. Kei'ichi et Miharu, qui continuait à se frotter le front, en descendirent, main dans la main.

OBAYASHI

"C'est une bonne gare."

Environ six mois après s'être vengée de l'affront qu'elle avait subi, elle avait emménagé à proximité de cette gare recommandée par une vieille dame croisée dans le train le jour de sa revanche.

Grâce à la bonne réputation de son précédent employeur, elle n'avait pas eu de mal à trouver un nouveau travail. Elle avait cherché à Kobe, et non plus à Osaka, et elle avait eu de la chance. À présent, elle était chargée de clientèle dans un bureau de design de Sannomiya.

Ses anciens collègues avaient tenté de la faire renoncer à son projet de quitter la société. Quand ils lui disaient que ce n'était pas à elle de partir, elle les remerciait et ajoutait que c'était trop pénible, avec un sourire modeste, calculé pour faire du tort à son ex. Ses supérieurs avaient accepté à regret sa démission. Elle n'avait aucune envie de savoir ce que devenait le couple formé par son ex et la femme qui l'avait séduit.

Comme ils l'espéraient, elle avait disparu de leur vie, et ses collègues avaient sans doute oublié la sympathie qu'ils avaient eue pour elle.

Obayashi était un endroit non seulement chaleureux, mais aussi pratique, à mi-chemin entre le centre de Kobe et celui d'Osaka.

Les supermarchés et supérettes y abondaient, et les loyers étaient peu chers. Quand elle avait expliqué ce qu'elle cherchait à un agent immobilier, il lui avait dit avoir tellement d'endroits correspondant à ses exigences qu'il ne savait par où commencer.

Elle avait choisi un studio à cinq minutes à pied de la gare, au loyer inférieur à ce qu'elle avait prévu.

Son nouveau travail, qui lui avait fait découvrir qu'elle était douée pour la vente, la satisfaisait.

Il était prenant et elle ne disposait pas toujours d'un week-end complet, mais cela ne la dérangeait pas. Célibataire pour l'instant, avec des amies aussi occupées qu'elle, elle ne tenait pas à sortir tous les vendredis et samedis soir.

Ce jour-là, un samedi, elle avait décidé de rentrer chez elle après avoir travaillé jusqu'à midi.

Peut-être aurait-elle mieux fait de se promener dans le centre de Kobe. Cela lui aurait évité de se retrouver dans le même wagon que ces femmes d'âge mûr bruyantes.

L'une d'entre elles avait jeté son sac à main sur le siège où elle allait s'asseoir. Elle en avait été plus étonnée que contrariée, comme l'étudiante assise sur le siège voisin, avec qui elle avait échangé un regard dégoûté.

Cette jeune fille qui semblait avoir un caractère bien trempé était prête à faire un esclandre, mais cela n'aurait servi à rien.

La femme qui avait l'air d'être la chef du groupe lui avait paru experte en ergotage et attaques à dix contre un. Se disputer avec elle en public n'aurait été à l'avantage de personne. Shōko n'en avait pas envie, d'autant plus que l'étudiante y aurait été entraînée à ses côtés.

Elle la retint de la main et lui chuchota : "Grandes marques, petites manières." La jeune inconnue dut l'entendre, car elle ne fit plus mine de chercher querelle aux autres.

Shōko se dirigea aussitôt vers la voiture suivante et finit par trouver une place près de la porte la plus proche de l'escalier du quai de la gare d'Obayashi.

Elle continua à penser à l'étudiante, espérant qu'elle ne s'était pas chamaillée avec les quadragénaires. Puis elle l'oublia en regardant défiler le paysage, qui devenait de moins en moins urbain. Elle aimait cette transition qui se faisait à partir de Kōtō'en.

— Tu vois les fougères aigles fanées ? lança joyeusement la jeune fille de petite taille montée dans le train à Kōtō'en avec son ami, en désignant du doigt le talus incliné.

— Oui. Et alors ?

Lui était grand. Bien qu'il soit vêtu un peu à la mode punk, il parlait comme un provincial.

Elle vit des fougères fanées sur la pente raide.

Elle qui avait grandi en ville ne les connaissait qu'à l'état de jeunes pousses, dans son assiette, comme amuse-gueule dans un repas japonais *kaiseki* ou comme garniture de nouilles de sarrasin aux plantes de montagne.

Elle décocha un regard admiratif au jeune couple capable de les reconnaître même fanées et brunâtres.

La jeune fille annonça qu'elle aimerait aller en cueillir au printemps. Il réagit en lui expliquant doctement que ce n'était pas possible parce que le talus était trop incliné – un dialogue au goût doux-amer pour Shōko.

Amer, parce qu'elle enviait leur jeunesse.

Elle n'entendit pas la suite de leur conversation mais le vit donner soudain à son amie une chiquenaude sur le front. Elle comprit le regard mécontent de la jeune fille.

Il évita son regard et la rougeur envahit ses joues. Elle avait dû lui dire quelque chose de particulièrement plaisant. Collée contre lui, elle était trop petite pour qu'on voie son visage. Elle semblait encore mécontente quand ils descendirent tous les deux à Nigawa. Se servait-il de sa taille pour dissimuler son embarras ?

Puis le train repartit pour Obayashi. Il lui semblait, bien qu'elle ne l'ait jamais vérifié sur sa montre, que la distance entre les deux gares était la plus longue de la ligne Imazu. La manière dont les collines se rapprochaient restait une nouveauté pour elle qui n'avait jamais vécu qu'en ville. Mais Obayashi n'était qu'à une dizaine de minutes à vélo de Nigawa, et sans doute à moins d'une demi-heure de Nishinomiya-kitaguchi.

Le train s'arrêta brutalement à Obayashi. Le conducteur était peut-être débutant ; en tout cas, les passagers durent s'agripper aux poignées pour rester debout.

Elle descendit comme prévu au niveau de l'escalier, d'où montaient des voix d'enfants excitées.

Elles provenaient d'un groupe de petites filles, coiffées de casquettes jaunes, un cartable rouge sur le dos, sans doute en première ou en deuxième année d'école primaire.

Au lieu de monter dans le train, elles allèrent de l'autre côté de l'escalier, et se dirigèrent en gloussant vers l'arrière du quai, où se trouvait un escalier mécanique.

Shōko fronça les sourcils. Elle avait perçu dans leurs rires quelque chose qui lui parut relever, malgré leur jeune âge, de la mesquinerie féminine.

Les petites filles, qui n'avaient pas remarqué qu'une adulte les observait, se mirent à chuchoter entre elles. Assez fort, sans doute à cause de leur excitation.

— Toi, tu te caches là, d'accord ? Quand l'autre arrivera, on la fera partir comme si on ne te voyait pas !

— D'accord, d'accord…

La petite qui avait reçu l'ordre de se cacher derrière l'escalier le fit, d'un air hésitant.

Shōko tourna les yeux vers l'escalier car elle avait perçu une présence. Elle vit arriver une petite fille qui s'arrêta au milieu de l'escalier. Elle aussi portait une casquette jaune et avait sur le dos un cartable rouge. Ce devait être "l'autre".

Elle recommença à descendre l'escalier, le visage tendu, puis passa devant Shōko et regarda les autres.

Curieuse de voir ce qui allait se passer, l'adulte observa la scène.

— Dis donc, toi… fit la petite fille qui semblait être la chef du groupe, d'une voix fausse. Je crois bien que ta copine est partie sans t'attendre. On l'a cherchée, mais on ne l'a pas vue. Elle a dû prendre le train précédent.

"L'autre", qui ne leur avait rien demandé, ne se rapprocha pas de leur groupe.

Droite comme un *i*, elle ignora les autres petites, qui se tenaient derrière celle qui avait parlé et avaient beaucoup de mal à se retenir de rire.

La copine de "l'autre" était cachée derrière l'escalier à quelques pas de là.

Le silence de "l'autre" parut soudain inquiéter la chef du groupe.

— Tu n'as pas entendu ? Ta copine est déjà partie !

Comme "l'autre" tournait le dos à Shōko, elle ne pouvait pas voir son expression.

— Merci de me le dire même si je n'ai rien demandé ! Bravo !

Lorsque la petite fille qui venait de parler passa à côté de Shōko, stupéfaite du petit drame qui s'était déroulé sous ses yeux, son visage était fermé, mais elle ne pleurait pas.

Elle continua vers l'avant du quai, et s'arrêta juste devant le dernier banc, où elle s'assit. Shōko eut l'impression de comprendre ce que disait son dos bien droit.

"Ne vous en faites pas, je ne vous regarderai pas, même quand l'autre train arrivera. Soyez tranquilles, je ne vérifierai pas si ma copine est avec vous."

Ces petites filles étaient déjà des femmes. Mesquines, indécises, fières.

Dans leur groupe, toutes ces catégories étaient présentes.

La fierté qu'exprimait la réaction de cette petite fille donna soudain envie à Shōko de lui parler.

— Je peux m'asseoir à côté de toi ?

La petite fille lui décocha un regard méfiant. Son visage qui reflétait son caractère déterminé ressemblait à celui de Shōko enfant.

— Je vous en prie, répondit-elle après une légère hésitation.

Aujourd'hui, tous les enfants savent qu'il ne faut pas parler aux inconnus. La circonspection de la petite fille était visible.

— Nous ne nous connaissons pas, mais ne t'inquiète pas, je ne te veux pas de mal.

— … Oui.

— Je voulais juste te dire que j'admire la réaction que tu as eue.

L'enfant écarquilla les yeux, puis ses larmes coulèrent.

Shōko sortit un mouchoir de son sac et le lui tendit. Elle n'avait pas saisi son nom tout à l'heure.

— Prends-le, je te le donne.

— Maman va me gronder…

— Tu n'auras qu'à lui dire que tu es tombée et qu'une dame gentille te l'a donné. Tu n'as pas envie qu'on voie que tu pleures, non ? Si tu t'essuies les yeux, elles ne remarqueront rien.

L'enfant s'exécuta en serrant les lèvres. Elle était décidément fière.

Shōko sentit sur elle les regards inquisiteurs des petites filles qui voulaient exclure cette camarade de leur groupe.

— Avec ton caractère, tu n'auras peut-être pas la vie facile. Mais il y aura des gens pour te comprendre. Des gens qui trouveront que tu fais très bien. Comme moi.

Elle pensa, mais ne le dit pas tout haut : Ne renonce pas.

La petite releva la tête.

— Vous êtes heureuse, vous ?

Elle essaya de répondre en souriant à cette question qui avait touché son point sensible.

— J'aurais dû l'être, mais les choses ne se sont pas passées comme ce que j'avais prévu. Je n'ai pas pour autant renoncé au bonheur !

J'ai trouvé un travail qui me convient mieux. J'ai emménagé dans un endroit qui me plaît. Et…

je me suis vengée d'avoir été trahie. Je ne regrette rien.

— Et je ne regrette rien. J'ai pris un peu de retard, mais je suis sûre que je vais trouver le bonheur.

— Alors moi aussi, je vais faire de mon mieux.

Le signal sonore du passage à niveau avant la gare quand on vient de Nishinomiya-kitaguchi se fit entendre. Ce train passait avant celui en provenance de Takarazuka.

Le signal sonore de l'autre côté retentit.

Shōko se leva et dit au revoir à l'enfant, qui lui sourit en la saluant de la main. Puis elle tourna délibérément le dos, pour ne pas voir ses ennemies.

Shōko s'arrêta juste avant l'escalier.

Les petites filles la suivaient des yeux. Elles étaient encore des enfants, mais déjà des femmes, et ne méritaient pas son indulgence. Elle perçut le mépris dans leur regard. Mais elles n'osèrent pas affronter le sien et baissèrent les yeux avec embarras.

Même à cet âge-là, les femmes entre elles lisent la position de l'autre, mais Shōko se savait assez forte pour ne pas se laisser marcher sur les pieds par ces gamines. Elle était capable d'intimider ceux à qui elle avait affaire, quels que soient leur âge et leur sexe. Quand elle montrait les dents, elle allait jusqu'au bout.

Une vieille dame qu'elle ne connaissait pas s'en était inquiétée, et l'avait avertie : "Une femme comme vous aura du mal à trouver le bonheur."

Elle sourit à moitié en se souvenant de la petite fille qui lui avait promis de faire de son mieux pour trouver le sien. De son côté, elle lui avait assuré qu'elle serait heureuse. Elle devait tenir sa promesse et trouver le bonheur comme ce jeune couple descendu à Nigawa.

Afin de ne plus ressentir d'amertume en voyant des gens comme eux.

Elle était presque en bas de l'escalier lorsque le train entra en gare. Ses portes s'ouvrirent, des passagers en descendirent.

— Vous ici ! s'exclama une voix étonnée.

Des pas se rapprochèrent. Elle comprit que c'étaient ceux de celle qui avait parlé et se retourna.

— C'est bien vous !

Elle reconnut la jeune fille à côté de laquelle elle avait failli s'asseoir à Nishinomiya-kitaguchi.

— Qu'est-ce que vous faites ici ? Je croyais que vous aviez pris le train précédent !

— Je peux vous demander la même chose ! J'espère que ce n'est pas à cause de ces bonnes femmes...

— Non, pas du tout ! répondit l'étudiante en agitant la main, comme pour la rassurer. J'ai eu l'occasion de découvrir l'étendue de l'âme humaine.

Cette déclaration fit sourire Shōko.

— C'est exactement ce qui m'est arrivé en descendant du train ici ! ajouta-t-elle.

— Mais quand même, c'est un drôle de hasard, fit l'étudiante pendant qu'elles marchaient vers la sortie.

— Je suis d'accord.

Tout à coup, elle se sentait gaie. Qui sait, une graine de bonheur venait peut-être de rouler vers elle.

— Si vous avez le temps, vous n'iriez pas boire un café avec moi ? J'aimerais bien vous raconter ce que j'ai découvert sur l'âme humaine.

— Ça me va très bien. Moi aussi, je voudrais vous parler de ce que j'ai appris.

— Ah bon... ça a un rapport avec moi ?

— Et comment ! Puisqu'au départ, vous étiez là !

Devait-elle en déduire que cela concernait ces bonnes femmes ? Elle était intriguée.

— Cela ne fait pas longtemps que j'habite le quartier, et je ne sais pas où aller. Mais vous avez peut-être une idée ?

— Ça ne vous dérange pas d'aller jusqu'à la route de Koma ? Je connais un restaurant qui propose une formule gâteau-café. En plus, on peut se resservir du café à volonté.

— La route de Koma ?

— Oui, celle qui va à Nakatsuhama.

— Je crois que je vois. Il faut prendre à droite après le grossiste, c'est ça ?

— Exactement. Ce n'est pas cher, et plutôt bon.

L'étudiante avait sans doute des moyens limités. Shōko aurait pu lui offrir un café n'importe où, mais elle n'en avait pas envie.

Elle avait l'impression qu'elles pouvaient devenir amies malgré leur différence d'âge.

Si elle payait sa consommation, l'étudiante se sentirait forcément en position d'infériorité. C'était inévitable. Mieux valait opter pour un endroit adapté à sa bourse.

— Vous avez peut-être l'habitude d'endroits plus chics, mais…

Elle avait vu juste.

— Pas du tout ! J'ai beau travailler, je vis seule, et je dois faire attention. Parce que de temps en temps, je dépense trop. J'adore profiter des prix réduits du rayon traiteur, juste avant la fermeture.

— Dans ce cas, allons-y !

Shōko se dit que les gens qui les voyaient les prenaient peut-être pour des sœurs, une idée qu'elle trouva réjouissante. Oui, elle était sûre d'être en train de faire un autre pas vers le bonheur.

Après avoir bu ce café ensemble, elle aurait une amie de plus. Elle en était quasiment certaine. Cela comptait, parce qu'à son âge, on ne s'en faisait pas si facilement.

SAKASEGAWA

Ça alors !

Tokié observait discrètement le jeune couple debout à côté d'elle dans la queue qui s'était formée pour le prochain train en direction de Takarazuka.

Quand on vieillit, le temps passe plus vite. Une année s'écoule sans qu'on s'en rende compte, six mois comme une journée.

Elle se souvenait très bien de ce grand cabas en toile à l'effigie d'une souris mondialement connue.

Ce jour-là, elle descendait l'escalier qui menait à l'autre quai.

Le jeune homme venait de rattraper la jeune femme à côté de laquelle il était debout à présent. Il l'avait invitée à aller boire un verre et elle avait accepté en souriant. Tokié avait été le témoin du début attendrissant d'une histoire qui avait visiblement débouché sur un résultat tout aussi attendrissant. Aujourd'hui, ils se donnaient la main et attendaient le train en bavardant.

Le sac de Tokié, qui était accompagnée d'Ami, sa petite-fille, contenait son teckel miniature. L'enfant avait suggéré de lui donner un nom à l'occidentale, comme Marron, ou Chocolat, mais sa grand-mère n'avait pas renoncé à exercer son droit en ce domaine. Elle aurait au demeurant préféré un chien d'une race japonaise, mais peu d'entre eux sont petits. Même un shiba a besoin de beaucoup d'exercice, et elle avait lu que ces chiens ne sont pas recommandés pour les personnes âgées.

Il en existe une version miniature, les *mameshiba*, mais il arrive qu'en grandissant ils atteignent la même taille que les shiba. Tokié n'était pas prête à prendre ce risque.

Cela l'avait amenée à opter pour un teckel miniature, comme l'avait suggéré sa petite-fille, mais elle n'avait pas cédé pour le nom. Ce serait Ken, comme le kai que sa famille élevait quand elle s'était mariée. Son fils n'avait gardé aucun souvenir de ce chien, qui était mort quand il était en maternelle. Il avait trouvé banal le nom choisi par sa mère.

Ami, quant à elle, avait regretté que sa grand-mère n'ait pas choisi un nom plus mignon, mais Tokié n'y avait pas prêté attention. Elle aimait sa petite-fille, mais pas au point de chercher à gagner son affection par tous les moyens.

Ami s'était faite à ce nom. Depuis que Tokié avait le chien, sa belle-fille lui confiait plus souvent l'enfant, comme elle l'avait fait hier soir à la sortie de l'école maternelle. Ami avait dormi chez elle.

— Je vais porter la cage de Ken, mamie !

— Elle est trop lourde pour toi. Tout à l'heure, tu n'as pas pu la porter jusqu'en bas de l'escalier, non ?

— Mais je suis sûre que je vais y arriver pendant qu'on attend le train.

Tokié accepta, de peur que l'enfant ne se fâche si elle refusait.

— Recule un peu. Et ne la lâche pas, hein ! Si c'est trop lourd, donne-la-moi tout de suite.

Elle était prête à la récupérer si nécessaire. Cela ne tarda pas.

— Je te la rends, mamie !

— Tu vois que j'avais raison.

Elle la reprit au moment où retentissait le signal sonore du passage à niveau.

En fin de compte, elle avait eu tort de craindre qu'Ami ne fasse une scène sur le quai.

Ce fut un trajet très déplaisant.

Dès que les portes du train s'ouvrirent, elle entendit des voix de femmes qui parlaient fort et s'esclaffaient. Elle aurait pu le tolérer s'il s'était agi de collégiennes ou d'étudiantes, mais le brouhaha était causé par des femmes d'âge mûr, ce qui l'irrita (elle se demanda d'ailleurs pourquoi).

Elle eut l'impression que le groupe avait annexé la moitié des sièges du wagon, mais en réalité elles n'étaient que cinq ou six. Elles criaient presque pour être sûres d'être comprises.

Leur tapage expliquait le peu de passagers dans la voiture. L'expression de ceux qui s'entêtaient à y rester montrait leur énervement, mais les femmes du groupe étaient trop occupées par leur conversation pour le remarquer.

Peut-être affolé par le vacarme, Ken se mit à couiner. Une des femmes dut le percevoir, car elle jeta un regard noir à la cage.

Tokié et Ami étaient montées par la porte la plus proche d'elles. Mieux valait tenter de s'en éloigner. Elle prit sa petite-fille par la main et s'approcha de la porte de l'autre côté.

Les yeux grands ouverts, Ami observait ces dames d'âge mûr aussi bruyantes que des oiseaux des mers du Sud au plumage multicolore. Une réaction d'enfant de son âge, contre laquelle il n'y avait rien à faire. Elles faisaient tellement de bruit que même les adultes ne pouvaient les ignorer.

Sa petite-fille était à l'âge où l'on pose parfois des questions embarrassantes sur ce que l'on voit. Elle leva la tête vers Tokié.

— Mamie ! Comment ça se fait que des adultes soient si bruyantes ? demanda-t-elle en se retournant pour les regarder.

Elle avait parlé fort, sans doute parce qu'elle craignait que sa grand-mère ne l'entende pas. Une autre preuve de son innocence enfantine, qui fit rire d'autres passagers.

— L'autre jour, on a fait une excursion avec l'école maternelle et la maîtresse nous a dit qu'il ne fallait pas parler fort dans le train. Mais les adultes, eux, ils ont le droit ?

Il y eut de nouveaux rires.

Tokié baissa les yeux sur elle en pensant : Toi aussi, tu as besoin de te faire remarquer. Je me demande de qui tu tiens ça.

Soudain silencieuses, les femmes du groupe lui décochèrent des regards furieux.

— Dites donc, vous ! Vous lui apprenez quoi, à cette gamine ?

La question venait de celle qui trônait au milieu du groupe, dont elle était visiblement la chef.

Tokié la regarda droit dans les yeux.

— J'apprends à ma petite-fille les règles de la vie en société.

Sa réponse suscita de nouveaux rires. La femme rougit de colère.

— J'aimerais savoir de quelles règles vous parlez ! Vous prenez le train avec un chien ! Si vous trouvez ça normal, ne vous étonnez pas si votre petite-fille tourne mal !

Elle me cherche des noises, celle-là.

L'avenir de ma petite-fille ne regarde que ses parents et moi.

Tokié souleva la cage de son chien d'une main et prit celle d'Ami de l'autre pour aller se mettre en face du groupe. D'un pas assuré, qui ne trahissait pas son âge. Les femmes du groupe frémirent. Elles ne s'attendaient visiblement pas à une telle attitude de sa part.

— Je vais vous apprendre quelque chose, commença-t-elle en parlant sur le ton ferme qu'elle utilisait quand elle enseignait au lycée. On a le droit de voyager avec un chien ou un chat en cage, à condition de payer un billet spécial. J'en ai pris un, et c'est la raison pour laquelle je voyage avec ma petite-fille et mon chien. Le voici.

Elle le sortit de son sac et le leur montra.

— Comme vous le voyez, j'apprends à ma petite-fille les règles de la vie en société, et vous avez tort de douter de mes principes éducatifs. Si cela vous pose problème, je vous conseille d'aller vous plaindre en gare.

La riposte ne tarda pas.

— Il pue, ce chien ! s'écria la femme qui avait fait la grimace en voyant la cage.

Elle ne s'adressait pas à Tokié, mais à Ami.

— Oui, il pue ! Ne t'approche pas de moi, je ne supporte pas cette odeur !

Ami était toute rouge.

— Il ne pue pas du tout ! Je lui ai fait un shampooing hier ! Il ne pue jamais parce qu'on lui en fait régulièrement !

Tokié s'étant révélée une adversaire coriace, ces femmes s'en prenaient maintenant à sa petite-fille.

Elle se demandait comment réagir lorsqu'une autre voix s'éleva, celle de la jeune femme au cabas à l'effigie de la souris.

— Comment pourriez-vous sentir l'odeur de ce chien ?

Le jeune couple qu'elle avait vu sur le quai intervenait dans la dispute.

— L'air empeste tellement le parfum que ça me pique le nez. Et je suis au bord de la nausée, ajouta-t-elle en regardant son ami.

Elle qui était belle adressa ensuite un sourire éclatant aux quadragénaires.

— Je comprends que vous utilisiez des parfums coûteux, mais je ne suis pas sûre que vous le fassiez de la bonne façon. Une goutte derrière l'oreille ou le poignet suffit, vous savez. Nul besoin de s'en asperger comme d'un déodorant. Le faire peut gêner votre entourage. Vous en avez tellement mis que vous ne le sentez probablement plus vous-mêmes, et si vous arrivez à percevoir l'odeur de ce chien, c'est que votre odorat est aussi développé que le sien.

Elle avait visé juste, car tout le groupe, qui avait viré à l'écarlate, n'osait plus rien dire.

— D'ailleurs, le shampooing de ce toutou a probablement une senteur plus agréable, conclut-elle en riant.

Ami hocha la tête avec conviction.

— Le shampooing de Ken sent les fleurs !

— C'est bien, lui répondit la jeune femme, avant de se retourner vers le groupe de femmes, le visage sérieux. Les humains ont un avantage sur les chiens.

Même s'ils font plus de bruit qu'eux, on ne les met jamais en cage!

C'est de ma faute si elle a été entraînée dans cette querelle, se dit Tokié, confuse. Elle réfléchissait à la façon de lui présenter ses excuses lorsque son compagnon lança :

— Et les bonnes manières, ça ne s'achète malheureusement pas au distributeur.

À peine avait-il fini de parler que le haut-parleur annonça que le train arrivait à Takarazuka-minamiguchi.

La chef du groupe se leva.

— Descendons ici!

— Mais on va à Takarazuka, non?

— Je n'en ai plus envie, après ce qui s'est passé. Je vous propose de déjeuner à l'hôtel Takarazuka.

Lorsque le train s'arrêta, elles se levèrent et quittèrent toutes le wagon.

L'odeur de parfum resta.

La femme avait cru bon d'informer le wagon qu'elle et son groupe déjeuneraient dans le meilleur hôtel du secteur.

— Je plains l'hôtel de devoir les accueillir... lâcha le jeune homme.

— Je n'aurais peut-être pas dû... fit son amie en regardant Tokié.

— Pas du tout. Cet hôtel a une longue histoire et sait comment recevoir toutes sortes de clients!

— Vous me rassurez, répondit-elle avec un sourire en s'apprêtant à se diriger vers la voiture suivante, probablement pour échapper à l'odeur entêtante.

— Je voulais vous remercier, dit Tokié. De m'avoir soutenue.

— Il n'y a pas de quoi.

— Parfois, tu t'emportes vite, toi, ajouta le jeune homme en souriant. Sans réfléchir à la suite !

Et toi, tu sais manier l'ironie, pensa Tokié.

— Aujourd'hui, je me suis dit que je pouvais y aller, ajouta la jeune femme.

Pour y aller, elle y était allée, se dit Tokié.

— Vous m'avez bien aidée, déclara-t-elle.

— J'ai eu peur que vous le preniez mal.

Son ami rit malicieusement.

— Je suis sûre que vous vous en seriez très bien sortie toute seule, mais je me suis dit que mieux valait élargir l'attaque, puisque vous étiez avec votre petite-fille et votre chien.

— Vous avez raison, l'affaire a été réglée plus vite.

— On gagne quand on croit qu'on va gagner, souligna le jeune homme en riant.

La jeune femme se pencha vers Ami et regarda à l'intérieur de la cage.

— Il est mignon. C'est un teckel miniature, n'est-ce pas ? Il est à toi ?

Au moment où Ami allait hocher la tête avec entrain, Tokié intervint :

— Non, c'est mon chien. Et celui de mon mari.

Ami fit la moue.

— Moi aussi, je m'en occupe.

— Tu m'aides, c'est tout ! Mais c'est mon chien et celui de papi.

— Papi, il est mort…

— Oui, mais ça ne change rien. Tu le sais bien, n'est-ce pas ?

Tokié n'en avait jamais démordu.

— Si tu veux avoir un chien à toi, attends d'être capable de t'en occuper.

— C'est Ken que j'aime.

Le jeune couple écoutait leur conversation sans cacher leur étonnement. Ils pensaient probablement que Tokié se conduisait avec sa petite-fille d'une façon différente de celle de la plupart des grands-mères.

Elle avait le sentiment que tout le monde s'attendait à ce qu'elle soit aussi gentille avec elle qu'avec un chat. Ses amies paraissaient souvent surprises de sa fermeté envers Ami.

— Oui, mais Ken, c'est mon chien et celui de papi.

Son mari, que les chiens terrorisaient depuis que le Ken de sa famille l'avait mordu au derrière.

Le nouveau Ken était petit pour qu'il n'en ait pas peur.

— Tu es méchante, mamie! Vraiment méchante!

— Libre à toi de le penser. Mais ça ne te donne pas le droit de te conduire mal dans le train. Si tu n'arrêtes pas immédiatement, nous n'irons pas au parc canin, et tu n'auras pas de glace.

L'allée qui conduit au théâtre de Takarazuka est bordée d'arbres et de fleurs. Ami adorait les glaces d'une pâtisserie du petit centre commercial voisin.

— Tu es méchante… répéta Ami tout bas.

Le jeune homme éclata de rire.

— Vous ne laissez rien passer à votre petite-fille, vous! Moi qui croyais que les grands-mères voulaient toujours faire plaisir à leurs petits-enfants.

— On m'a déjà dit que mes règles étaient un peu différentes, concéda Tokié.

Son ton assuré le fit rire moins fort.

Son amie le tira par la manche.

— Masashi… je ne me sens pas bien…

Elle était blême.

— C'est le parfum, n'est-ce pas ? Tu veux qu'on change de voiture ?

Il la prit par le bras et se retourna vers Tokié.

— Je suis désolé, mais elle ne supporte pas ce genre d'odeurs. Nous allons aller dans le wagon suivant.

L'air empestait moins fort que tout à l'heure, mais la jeune femme était pâle.

— Encore une fois, merci de m'avoir soutenue jusqu'à vous en rendre malade.

La jeune femme releva la tête.

— Il n'y a pas de quoi. Je ne les supportais pas, ces femmes. J'ai mauvais caractère, vous savez. Et je tenais à leur faire comprendre qu'elles étaient mal placées pour parler d'odeur désagréable.

— Vous avez du cran.

Tokié décida de garder pour elle qu'elle lui trouvait une ressemblance avec la jeune femme qu'elle avait été.

— Au revoir, dit le jeune homme, qui s'éloigna en soutenant son amie.

Lui s'appelle Masashi. Je regrette de ne pas lui avoir demandé son nom à elle, pensa Tokié.

TAKARAZUKA-MINAMIGUCHI

Après avoir quitté la vieille dame un peu excentrique et sa petite-fille, Masashi alla dans le wagon de queue, qui suivait celui où il les avait rencontrées.

— Ça va, Yuki ? Tu veux te reposer un peu à Takarazuka ?

Elle secoua la tête.

— Non, maintenant que ça ne pue plus le parfum, je me sens mieux. Merci.

— Tu veux t'asseoir ?

Il y avait quelques places libres, mais aucune l'une à côté de l'autre.

— Non, ça va. De toute façon, on descend à la prochaine.

Lorsque le train passait sur la Mukogawa, ils tournaient tous les deux les yeux vers la rivière.

La grande langue de sable du début de l'été avait rétréci. Ils s'étaient adressé la parole pour la première fois à propos du caractère "vie" qui y avait été tracé à l'aide de pierres. Yuki, qui n'était alors pour lui qu'une rivale, lui avait dit que cela lui donnait envie d'aller boire une bière.

Elle lui plaisait, mais sa main avait devancé la sienne pour saisir un livre qu'il voulait emprunter à la bibliothèque.

Ce jour-là, elle était descendue à Sakasegawa.

En lui disant : "Allons en boire une ensemble la prochaine fois qu'on se voit ! À la bibliothèque ! Vous y allez souvent. La prochaine fois qu'on se voit là-bas."

C'était à cet instant qu'il avait compris que l'attirance était mutuelle. Et qu'il était amoureux.

Il avait bondi hors du train et grimpé les escaliers quatre à quatre pour la rattraper. Le souffle court, il lui avait demandé si elle ne voulait pas plutôt prendre un verre avec lui tout de suite. Il avait presque douté de sa chance quand elle avait accepté. Ils avaient ensuite échangé leurs numéros de téléphone.

La bibliothèque avait été le premier endroit où ils s'étaient donné rendez-vous, comme des lycéens. À la différence de ceux-ci, ils pouvaient ensuite aller dîner ensemble en buvant des boissons alcoolisées, s'ils en avaient envie.

Chaque fois qu'ils allaient à la bibliothèque, ils s'assuraient que le caractère n'avait pas disparu.

— Il y était encore.

— Oui, je l'ai vu aussi.

Ils ignoraient qui en prenait soin, mais quelqu'un avait arraché les mauvaises herbes qui menaçaient de le recouvrir en été et remis en place les pierres déplacées. La personne qui s'en était occupée avait pris le temps qu'il fallait pour le faire.

Les typhons et les fortes pluies de l'automne eurent cependant raison du caractère.

— Il a disparu.

— Oui.

— Mais il a résisté longtemps.

— On peut le dire.

Peut-être allaient-ils déjà l'un chez l'autre quand ils avaient eu cette conversation.

Leurs rendez-vous à la bibliothèque étaient parfois suivis d'un repas à deux.

Il avait ainsi découvert qu'elle aimait l'alcool. Pas de quoi s'étonner, puisqu'elle associait la lecture de "pression", dans "bière pression", au caractère de "vie". Le premier jour, quand il lui avait suggéré d'aller boire un verre immédiatement sans attendre la prochaine fois, elle l'avait emmené dans un bistrot où elle avait ses habitudes. Cela même en était une autre preuve.

Masashi tenait bien l'alcool, mais il n'était pas sûr de l'emporter si d'aventure ils jouaient à qui peut boire le plus.

De surcroît, l'alcool ne semblait avoir aucun effet sur elle. Elle ne titubait jamais en quittant le bistrot ou le restaurant, son élocution ne changeait pas, et ses manières demeuraient excellentes.

L'arrivée de la saison des cadeaux de milieu d'année* fournit l'occasion de franchir une barrière qui lui paraissait insurmontable.

La société où il travaillait avait pour habitude de répartir par tirage au sort entre les employés les cadeaux qui lui arrivaient. Elle n'était pas petite, elle en recevait beaucoup, et cette méthode les répartissait assez équitablement.

Les employés pouvaient ensuite procéder à des échanges. Quelqu'un qui ne buvait pas pouvait se débarrasser de la caisse de bière qu'il avait reçue, et

* Au Japon, la coutume veut que l'on offre des cadeaux pour exprimer reconnaissance et respect aux personnes à qui on est redevable de services rendus, en été et en hiver.

un buveur de saké, des gâteaux ou des jus de fruits qui lui avaient été attribués.

Le hasard voulut que Masashi obtînt une bouteille de saké que visaient tous ses collègues qui raffolaient de cette boisson. 1,8 litre de Keigetsu, un breuvage renommé de l'île de Shikoku, offert par un client connu de tous les employés pour envoyer chaque année d'excellents sakés.

Un an plus tôt, il aurait accepté sans difficultés de l'échanger contre autre chose. Il préférait la bière, plus facile à boire seul, une bouteille à la fois. Ses supérieurs et ses collègues plus âgés tentèrent vainement de le faire changer d'avis. Il réussit à les convaincre qu'il avait envie de découvrir le bon saké et repartit avec la bouteille après avoir précisé qu'il comptait la boire en plusieurs fois.

Il leur avait menti. Il appréciait modérément l'alcool, sous quelque forme que ce soit, et ne buvait quasiment jamais seul.

Mais il aimait le faire en compagnie, et sa nouvelle amie adorait le saké.

Yuki paraissait vraiment heureuse quand elle en buvait du bon.

Elle avait proposé qu'ils partagent l'addition quand ils sortaient ensemble, sauf le jour de leur anniversaire, et sollicitait toujours son autorisation avant de commander un verre d'un saké onéreux. La satisfaction avec laquelle elle le buvait réjouissait Masashi. Il lui avait souvent proposé d'en prendre un deuxième, mais elle avait toujours refusé. Elle avait pour règle de n'en boire qu'un seul, pour l'apprécier à sa juste valeur. Le savourer.

Quand elle sortait avec ses collègues, elle refusait sans doute de la même manière, en expliquant qu'elle ne voulait pas prendre le risque d'oublier sa saveur, imaginait-il en la voyant se délecter.

Il l'avait appelée pour l'inviter à venir goûter celui qu'il avait gagné, à peu près certain qu'elle accepterait.

— Je me suis procuré une bouteille de Keigetsu, tu sais, ce saké de Kōchi…

Impossible de la boire au restaurant. Ce serait chez lui, ou chez elle.

— Du Keigetsu ? Le fameux Keigetsu ?

Elle avait mordu. Elle connaissait cette marque qui était loin d'être célèbre dans tout le Japon.

— J'en ai bu un jour dans un restaurant d'Osaka… Il était bon… dit-elle, la voix rêveuse, probablement parce qu'elle n'en avait pas oublié le goût. Ce jour-là, il y avait quelqu'un de Kōchi dans le groupe. C'est lui qui me l'a recommandé. En ajoutant qu'on en trouvait rarement à Osaka.

Masashi savait que Tosazuru ou Suigei sont les sakés de Shikoku plus connus dans le reste du Japon.

— Et cette personne m'a expliqué que ce qui fait un bon saké, ce sont l'eau et le riz. La plupart des endroits célèbres pour leur saké le sont aussi pour la qualité de leur riz. Comme Niigata, par exemple. Bon, Kōchi, c'est la campagne, l'eau est sans doute bonne, mais le riz de là-bas n'est pas particulièrement renommé, si ?

Elle avait raison. Masashi n'avait jamais entendu personne en louer la saveur.

— Malgré ce handicap, le Tosazuru a remporté quinze ou seize fois de suite la médaille d'or au concours du meilleur saké du Japon, et il a été récompensé plus de trente fois par d'autres associations. C'est incroyable, non ?

— Si, et je me demande ce qui explique ça. Ils ont une technique particulière, à Kōchi ?

— Non, ce n'est pas ça. D'après la personne qui m'a fait découvrir le Keigetsu, c'est parce que les gens de Kōchi aiment trop le saké.

Il avait souvent entendu dire que les natifs de ce département buvaient beaucoup. Même les femmes. Quand elles affirmaient pouvoir n'en boire qu'un peu, elles estimaient cette quantité à trois litres de saké.

Une histoire célèbre au Japon, mais Masashi ne savait pas si elle reflétait la réalité. Même si elle était drôle.

Il n'avait cependant pas envie d'en rire avec elle, parce que l'entendre parler si gaiement de cette "personne" lui était presque insupportable.

Ils étaient assez vieux pour avoir chacun un passé, mais si la personne dont elle parlait avait compté pour elle, il préférait savoir si elle était encore dans sa vie.

— Et cette personne de Kōchi… c'est un collègue plus âgé ?

— Oui. On travaille toujours ensemble.

Devait-il comprendre cette réponse faite d'un ton insouciant comme signifiant qu'elle était autrefois sortie avec lui, et qu'ils s'étaient séparés sans rancune aucune ? Dans ce cas, cette proximité pouvait être particulièrement dangereuse pour lui.

— Et ce collègue est du genre à boire autant que les gens de Kōchi, ajouta-t-elle d'un ton espiègle.

— Tu aurais pu me le dire plus tôt ! lâcha-t-il.

— Tu étais inquiet ?

— Je l'avoue.

— Pardon. Ça me rassure.

Sans lui laisser le temps de demander pourquoi, elle reprit :

— Tu crois qu'on pourrait boire ce saké chez toi ? À Obayashi, c'est ça ?

Ils convinrent de le faire le week-end suivant, en mangeant de la viande grillée. Les détails pratiques furent rapidement réglés, et Yuki lui souhaita bonne nuit avant de raccrocher.

Le jour du rendez-vous arriva. Masashi alla chercher Yuki à la gare après avoir nettoyé son appartement de fond en comble.

Ils allèrent ensuite faire les courses dans un supermarché et passèrent à côté d'une bibliothèque en revenant chez lui.

— Il y a une bibliothèque à Obayashi ? Tu ne vas quand même pas me dire que tu la fréquentes aussi ?

— Euh… Ben si.

— C'est de la triche !

— Oui, mais tu n'es qu'à une gare d'ici, toi ! Tu pourrais y venir aussi.

— Je devrais prendre le train comme pour aller dans l'autre. Ce n'est pas pratique ! Si j'avais su qu'il y en avait une ici quand je cherchais un appartement, j'aurais choisi Obayashi !

— Sakasegawa est plus commode, non ? Et puis il y a une grande librairie là-bas.

— Ce n'est pas faux mais…

Ils ne tardèrent pas à arriver chez lui. Masashi s'amusa de la voir si timide, un mot qu'il n'associait pas à elle d'ordinaire. Peut-être parce qu'elle était tendue, elle jetait des regards curieux autour d'elle.

— C'est bien rangé, dis donc !

— J'ai fait le ménage aujourd'hui. D'habitude, ce n'est pas tout à fait comme ça.

— Mais ta cuisine est minuscule !

Comme dans la plupart des studios, elle n'avait qu'un évier riquiqui et une seule plaque électrique, dont Masashi ne se servait guère. Lorsqu'il invitait des amis, il utilisait une plancha ou un réchaud à gaz.

Yuki avait suggéré qu'ils dînent de viande grillée à la plancha parce qu'elle le savait.

— Mais d'habitude, tu te nourris de quoi ?

— J'achète des boulettes de riz à la supérette, ou des choses au rayon traiteur du supermarché.

— Je suis sûre que tu ne manges pas assez de légumes. On va compenser ça aujourd'hui, dit-elle en commençant à les préparer.

Comme ils s'étaient donné rendez-vous en fin de journée, ils finirent leurs préparatifs à temps pour le dîner, qu'ils commencèrent à faire griller sur la plancha. Le moment était venu d'ouvrir la bouteille.

Yuki poussa un cri en la voyant.

— 1,8 litre ! Ne la buvons pas trop vite !

Il était intrigué. Devait-il en déduire qu'elle entendait revenir ici ? Ou qu'il pouvait l'emporter chez elle ?

Elle but le premier verre avec la délectation qu'il aimait tant observer sur son visage. Masashi, qui y goûtait pour la première fois, comprit pourquoi elle avait été si heureuse de savoir qu'il en avait.

— Tu en prends un deuxième verre ?

Elle hésita, mais finit par accepter. Elle mit cependant sa main sur son verre quand il voulut le remplir à nouveau.

— J'en boirai un dernier tout à l'heure.

Ils passèrent ensuite à la bière en plaisantant à propos de ce que montrait la télévision allumée. Bientôt, il fut plus de minuit.

Ils prétendirent tous les deux ne pas s'en être rendu compte.

La sonnerie du passage à niveau se fit entendre au loin.

— C'est ton dernier train, dit-il, comme si cela lui était indifférent.

— Je sais, répondit-elle tout bas.

— Tu dors ici, n'est-ce pas ?

— Si tu me disais que tu vas me raccompagner, ça me ferait pleurer.

Elle se leva, le verre à la main, alla le rincer dans la cuisine et revint.

— Je vais boire mon dernier verre. Ensuite, j'emprunterai ta salle de bains.

Il lui versa du saké, mais refusa qu'elle en fasse de même.

— Pas pour moi, merci. Je ne suis pas de ton calibre.

Il but un verre d'eau en espérant que cela atténuerait son ivresse.

Elle but le sien lentement.

— J'étais presque inquiète. Je me demandais si tu voulais que nous passions à cette étape dans notre relation, lâcha-t-elle d'un ton plaintif.

— Qu'est-ce que tu racontes ?

— Tu n'as jamais rien essayé !

— Tu ne m'en as jamais donné l'occasion. Même maintenant, tu es allée rincer ton verre sans tituber, et tu n'as pas oublié de le faire. D'habitude, on se voit dehors. Et tu es comme maintenant. Tu ne m'as jamais suggéré de te raccompagner non plus. Aujourd'hui, je ne te laisserai pas partir, conclut-il d'un ton revanchard.

Elle éclata de rire en vidant son verre.

— Tu es sûre de vouloir le finir aussi vite ?

— Oui, parce que je veux prendre un bain.

Que Yuki trouve cela plus important que de savourer son saké était peut-être la plus grande marque d'affection qu'elle puisse lui montrer.

Une fois que le train a franchi le pont, l'école de musique de Takarazuka, un bâtiment qui semble sorti d'un conte de fées, avec ses murs de briques beiges et son toit de tuiles orange, apparaît.

Yuki prit Masashi par le bras lorsque le train arriva à Takarazuka. Depuis cette soirée chez lui, elle s'appuyait sur lui sans hésiter.

Tous les passagers descendirent du train.

Masashi et Yuki aperçurent la grand-mère qui portait la cage de son chien, et sa petite-fille. Ils agitèrent la main dans leur direction et elles leur répondirent en se dirigeant vers la sortie.

Masashi et Yuki, eux, montèrent dans le train en direction d'Umeda.

ET POUR FINIR, TAKARAZUKA

Ils parlèrent beaucoup après leur première nuit ensemble et firent toutes sortes de découvertes.

Masashi croyait que Yuki lui piquait toujours les livres qui l'intéressaient, mais Yuki avait la même impression.

Elle avait eu envie de lui demander comment il faisait.

Masashi fut peiné de penser qu'il l'avait d'abord perçue comme une rivale.

— J'avais toujours envie de t'adresser la parole mais j'avais peur que tu me prennes pour une folle.

— Moi, je t'en voulais de toujours prendre avant moi les livres que je voulais lire. Et j'admirais tes goûts pour ceux que je n'avais pas remarqués.

— Donc tu ne m'aimais pas ?

— Tu as vraiment besoin que je te dise que ça m'était d'autant plus pénible que tu me plaisais ?

— Non, je ne le savais pas. Toi aussi, tu me plaisais, mais je ne t'en voulais pas. Quand je t'ai vu dans le train, je me suis dit que c'était mon jour de chance et qu'il fallait que je te parle.

— Donc c'est exprès que tu es venue t'asseoir à côté de moi ?

— Oui. Je voulais te montrer la langue de terre.

— Pourquoi ?

— Parce que si ça t'intéressait, je me suis dit que tu me plairais encore plus.

— Autrement dit, j'ai mordu à l'hameçon ? Merci.

— Que veux-tu dire ?

— Moi, je n'aurais pas eu le courage de le faire, et rien ne serait arrivé. Tu m'aurais trouvé nul, c'est tout.

— Oui, mais quand je suis descendue du train, tu m'as couru après.

— Parce que j'avais mordu à l'hameçon.

— En tout cas, heureusement qu'on s'était remarqués mutuellement, dit Yuki en optant pour une conclusion sereine.

Le train pour Umeda qu'ils prirent était un omnibus et ils s'assirent, bien que pour descendre au premier arrêt.

— Tu as envie de savoir pourquoi le caractère de "vie" était dessiné sur la langue de terre ? lui demanda Masashi pendant qu'ils attendaient le départ.

Le caractère avait disparu mais la langue de terre restait spéciale pour eux.

Il connaissait la raison pour laquelle il avait été créé là. Il s'était renseigné pour le dire à Yuki.

Un artiste avait décidé de le dessiner sur la langue de terre pour célébrer la renaissance de la région plusieurs années après le tremblement de terre d'Awaji-Hanshin.

L'œuvre avait été restaurée une fois, et c'était celle qu'ils avaient vue.

— Non, répondit-elle en refusant la vérité, comme la première fois qu'ils s'étaient rencontrés. Parce qu'il a déjà une signification pour moi.

— Laquelle ?

— Pour moi, c'est le dieu qui nous a fait nous rencontrer, expliqua-t-elle en joignant les mains.

"Bière pression" était la première signification qu'elle y avait associée. Une interprétation qui n'avait rien à voir avec la vision de l'artiste, fantaisiste et positive comme elle, et tout aussi sympathique.

Il ne fallait pas lui en vouloir !

Joyeusement fantaisiste quand elle attribuait ce sens sans réfléchir à la signification profonde du caractère, et plus encore quand elle en faisait le dieu qui les avait fait se rencontrer.

C'était parce qu'elle avait des idées pareilles qu'il était sous son charme.

— Yuki, tu te souviens que tu as dit que c'était de la triche que je puisse aller dans les deux bibliothèques ?

— Hum… oui. Je le pense toujours.

— Dans ce cas…

Dieu qui nous a fait nous rencontrer, accorde-moi ta grâce comme tu la lui as accordée, pria-t-il intérieurement.

— Tu ne veux pas qu'on cherche un appartement ensemble à Obayashi ?

Elle leva des yeux étonnés vers lui.

— Pourquoi ?

— Euh… on n'est plus si jeunes tous les deux. Tu n'as pas décidé de rester célibataire toute ta vie et il est peut-être temps de penser à la suite, non ? Moi, je trouve que c'est bien de vivre ensemble avant le mariage. Pas parce que je pense que ça permet de voir si on a trouvé la bonne personne, mais pour s'habituer l'un à l'autre, parce qu'on n'a pas grandi au même endroit et qu'on a sans doute des idées différentes sur ce qu'il faut faire et ne pas faire.

Yuki, arrête de me regarder comme ça. Tu vas finir par me faire un trou au milieu de la figure, se dit-il en se grattant la tête avec un sourire embarrassé.

— Et quand on saura que ça marche, il ne nous restera plus qu'à nous marier, non ? ajouta-t-il.

Yuki baissa les yeux et serra la main de Masashi.

— Pourvu qu'on trouve quelque chose de bien !

La voix du haut-parleur, qui annonçait la prochaine gare, recouvrit sa voix, et Masashi serra plus fort sa main.

Fin*

* En français dans le texte.

TABLE

OUVRAGE RÉALISÉ
PAR L'ATELIER GRAPHIQUE ACTES SUD
ACHEVÉ D'IMPRIMER
SUR ROTO-PAGE
EN MARS 2024
PAR L'IMPRIMERIE FLOCH
À MAYENNE
POUR LE COMPTE DES ÉDITIONS
ACTES SUD
LE MÉJAN
PLACE NINA-BERBEROVA
13200 ARLES

DÉPÔT LÉGAL
1re ÉDITION : MAI 2023
N° impr. : 104461
(Imprimé en France)